U0530991

安娜·克里斯蒂
"Anna Christie"

【美】尤金·奥尼尔/著
欧阳基/译

奥尼尔
戏剧四种

人民文学出版社

"Anna Christie"

场景

第一幕

纽约市靠近滨水区的"约翰尼神父"酒馆

第二幕

十天之后。停泊在马萨诸塞州普罗文斯敦港的"西米恩·温思罗普号"货船上。

第三幕

一星期之后,货船停泊在波士顿码头。货船的舱室内。

第四幕

两天之后,场景同第三幕。

"Anna Christie"

第 一 幕

景:"约翰尼神父"酒馆,在纽约市南街的附近。舞台分为两部分。右方部分是一间小后房;左方部分是一间酒吧间,其前面有一扇大窗户朝着外边的街道。窗户再过去是大门——一道双开摇摆门。再后另有一扇窗户。吧台从左到右,几乎占了后壁的全部。吧台后面,有一个小陈列柜,上面摆着几瓶箱装酒,显然很少有人买这些酒。后壁的其余部分,在几面大镜子前面,放着廉价的小桶威士忌,也就是"五分钱一杯"的酒,通过龙头汲取。右方是通向后房的门。后房内有四张圆木桌子,每张桌子周围又有五把椅子。后面是一扇通向小街的便门。

这是秋季的一天下午,近黄昏时分。

〔幕启时,约翰尼在舞台上。他的绰号"约翰尼神父",正适合他这个人。他有一张苍白、瘦削、刮得光光的面孔,淡蓝色的眼睛,满头白发,似乎穿上神父的黑色长袍比现在系着围裙对他更为合适。他的声音和他的一般举止,都不会消除这种印象,这种印象使他成为滨水区的名流。他的声音和举止是温厚和蔼的,但是,在这种温和的后面,人们却可觉察出他是戴面具的人——一个玩世不恭、冷淡无情、铁石心肠的人。这时,他悠闲地靠在酒吧间吧台后面,鼻梁上架着一副眼镜,阅读着晚报。

〔码头工人甲、乙二人从街上走了进来,身穿工作服,帽子歪斜地戴在头上,工会的圆形徽章别在帽子上显眼的地方。

码头工人甲　（他们两人并列站在酒吧间吧台的前面）给我来一杯,二号的。（把一个硬币扔在吧台上。）

码头工人乙　我也照样来一杯。（约翰尼把两杯散装的威士忌放在他们面前。）

码头工人甲　干杯！（另一个人点点头。两人把威士忌一饮而尽。）

码头工人乙　（把钱放在吧台上）给我们再来一杯。

码头工人甲　这次给我一杯——黑啤酒。我口干得很。

码头工人乙　我也照样来一杯。（约翰尼舀出黑啤酒,把两大杯冒着泡沫的啤酒放在他们面前。他们喝了一半,开始低声急促地交谈起来。左方的门被人推开,拉里走了进来。他是一个稚气未脱、面颊红润、外貌颇为漂亮、二十岁左右的青年。）

拉里　（向约翰尼点头——快乐地）老板,您好。

约翰尼　拉里,你好。（看看手表）刚好是时候。（拉里向右走到吧台的后面,脱下外套,系上围裙。）

码头工人甲　（突然地）把酒喝完,回去干活吧。（他们喝完酒,从左方走出去。这时,邮递员走了进来,他和约翰尼相互点了点头,把一封信扔在吧台上。）

邮递员　约翰尼，信封上的地址写着由你转交。你认得他吗？

约翰尼　（拿起信，正了一正眼镜。拉里走了过来，从他的肩后看信。约翰尼非常缓慢地念着）克里斯·克里斯托弗森。

邮递员　（有帮助地）北欧人的名字。

拉里　老克里斯——这是那谁。

约翰尼　哦，对了。我忘了，确实有过克里斯这样一个名字。过去有过他的信寄到这儿来，我现在记起来了。那是很久以前的事了。

邮递员　那么，信可以交给他啦？

约翰尼　当然。每次他来码头的时候，都到这儿来。

邮递员　（转身走）他是水手吗？

约翰尼　（露齿而笑）煤船的船长。

邮递员　（大笑）倒算是个差事了！好吧，再见。

约翰尼　再见。我交给他就是了。（邮递员走了出去。约翰尼仔细看信）拉里，你的眼睛好。信是从哪儿来的？

拉里　（瞥了一眼）圣保罗。我想那是在明尼苏达州境内。看上去还像是女人的笔迹呢，这个老魔鬼！

约翰尼　我想他曾对我说过，他有一个女儿在西部什么地方。（他把信放在现金出纳机上）想想看，我有好长时间没有看见老克里斯了。（他穿上大衣，从吧台的那端绕了出来）我想我该回家了，明天见。

拉里　一夜平安，老板。

（约翰尼向通往街道的门走去的时候，门被推开，克里斯·克里斯托弗森走了进来。他是一个矮小、肥胖、宽肩、大约五十岁的人，有一张圆圆的、饱经风霜的、红润的面孔，淡蓝色的眼睛闪烁着坦率的幽默，近视眼似的凝视着。他的那张大嘴上面挂着一丛厚厚的、下垂的黄色小胡子，显示出孩子般的任性和软弱，具有一种不可抑制的慈爱。粗厚的脖子像一根柱子，挤进他的沉重的身躯内。他的手臂和他那双长着毛的、满布斑点的手，以及长在那双扁平的大脚上的短粗的腿，都显得短小而臃肿，十分难看。他走路的步态笨拙而又摇摆。他的声音，在没有提高到隆隆吼叫的时候，压低得近似窃窃私语，而且仿佛还带有哀伤的意味。他身穿一套上岸穿的、带有皱纹的、不合身的黑色服装，一顶褪了色的灰布帽子，戴在蓬乱的斑白的浅色头发上。这时，他的脸上呈现出狂喜的幸福，显然，他是喝了酒。他向约翰尼伸出手来。）

克里斯 约翰尼，你好！跟我喝酒。来吧，拉里，给我们倒酒。你自己也来一杯。（把手伸进口袋）我有钱——很多的钱。

约翰尼 （与克里斯握手）真巧得很，我们正说着你啦。

拉里 （来到吧台前）克里斯，你好。放到这儿。（两人握手。）

克里斯 （微笑）给我们酒。

约翰尼 （露齿而笑）你已经喝得半醉了。在哪儿喝的？

克里斯 （咧咧嘴）货船上一个家伙——爱尔兰人——他有一瓶威士忌，我们喝了，只有我们两个人。老实说吧，那瓶威士忌确实不错！我刚刚上岸。拉里，拿酒来。我有点醉了，但不厉害，刚好。（他哈哈大笑，开始用高声调的、颤动的鼻音唱了起来。）

"我的约塞芬，上船来吧。

我久久地等待着你啊！

那轮月亮，她散发着光芒。

她的模样儿跟你一模一样啊！

唛——唛，唛——唛，唛——唛，唛——唛。"

（唱到最后一句时，他挥动着他的手，仿佛他在指挥乐队似的。）

约翰尼 （笑着）嗯，克里斯，还是那个老约塞芬吗？

克里斯 你听他唱歌，真是没比了。货船上一个意大利家伙，他教我唱的。给我们来酒。（他把零钱扔在吧台上。）

拉里 （职业的口吻）先生们，你们要点什么？

约翰尼 拉里，小啤酒。

克里斯 威士忌——二号的。

拉里 （把他们要的酒端上）我给你们来一支雪茄烟。

克里斯 （举杯）干杯！（喝酒。）

约翰尼 尽量喝吧。

克里斯 （立即）再来一杯。

约翰尼 不，改日再喝吧，现在我要回家了。哦，你刚刚才上岸吗？这次从哪里来的呢？

克里斯 诺福克。我们的船走得慢——天气坏——老是雾，雾，雾，天天都是这样！（后房便门的电铃一直响着，克里斯吃了一惊——匆匆地）拉里，我去开门。我忘了，那是玛莎。她跟我一道来的。（他走进后房。）

拉里 （抿着嘴轻声地笑）他还是跟那头母牛同居，这个老傻瓜！

约翰尼 （露齿而笑）克里斯这个人，是个酒色之徒。哦，我要回家了。再见。（他向通往街道的门走去。）

拉里 老板，再见。

约翰尼 哦——别忘记了把那封信交给他。

拉里 忘不了。

（约翰尼走了出去。这时，克里斯已打开了便门，让玛莎进来。她大约四五十岁。下颚突出的雀斑脸上和厚实的红鼻子上,交织着紫色的青筋。浓密的灰白头发蓬乱油腻地堆在圆脑袋顶上。身材肥胖,肌肉松弛;呼吸时呼哧呼哧地喘着气;说话声音响亮,有男子气,间杂着嘶哑的笑声。但是,在她充满血丝的眼睛里却仍然闪烁着年轻人对于生活的欲望,艰苦的习惯并没有窒息这种欲望,还有一种幽默揶揄的神态,但却心平气和。头戴男人的便帽,身穿双排纽扣的男短上衣,下面是一条肮脏的花布裙子。一双赤脚,套在一双大几倍的男皮靴里,以致她的步态蹒跚摇摆。)

玛莎 （嘟囔地）你打算干什么,荷兰佬——让我整天地站在外面?（她走上前来,坐在前面右角的桌子旁边。）

克里斯 （平息她）玛莎,对不起。我跟约翰尼说话,把你忘了。你要喝点什么酒?

玛莎 （心平气和地）给我来一杯黑啤酒。

克里斯 我去拿来。（他回到酒吧间）拉里,给玛莎黑啤酒。给我来威士忌。（他把零钱扔在吧台上。）

拉里 马上就来。（他想起来了,从吧台后面把信拿出来）这是你的信——从明尼苏达州圣保罗寄来的——女人的笔迹。（他说着露齿而笑。）

克里斯 （迅速地接过信）哦,这是我女儿安娜来的信。她住在那儿。（他不安地把信翻动着）我没有收到安娜的来信——有一年了。

拉里 （嘲弄地）那一定是个动人的神话故事,可以谈谈——你的女儿! 我敢打赌,一定是个荡妇吧?

克里斯 （严肃地）不,这是安娜来的。（被手中的信所吸引——不安地）哎呀,我想我喝得太醉了,不能念安娜这封信了。我想我该坐一会儿。拉里，你把酒送到后房去。(他走进右方的房间。)

玛莎　(怒气冲冲)我的黑啤酒呢？你这个酒鬼。

克里斯　(心事重重)拉里就拿来了。

(他坐在她的对面。拉里端上酒，放在桌子上，和玛莎互相点头招呼。他站在那儿，望着克里斯，感到奇怪。玛莎端起杯子，喝了一大口黑啤酒，舒了一口长气，感到满足，又用手背擦了一擦嘴。克里斯盯着信，看了一阵 —— 缓慢地拆开，眯着眼睛，开始费劲地念信，嘴唇随着吐出的字音嚅动着。他念着念着，脸上泛起了又高兴又惶惑的表情。)

拉里　好消息吗？

玛莎　(也引起了好奇心)你拿着的是什么 —— 上帝呀，一封信吗？

克里斯　(念完信之后，停顿了片刻，仿佛他要深入了解信中的消息似的 —— 突然用拳头猛击桌子，高兴得兴奋起来)呀！想想看，安娜说她马上要到这儿来。她说，她讨厌圣保罗那边的工作。这是一封短信，没有说别的事情。(面有喜色)哎呀，我这个老头子突然得到这个好消息！(转向玛莎，颇感羞愧地)玛莎，你知道，我曾对你说过我离开瑞典的时候，我的安娜，还是个五岁的小姑娘，从那时起我就没有看见过她。

玛莎　她现在有多大年纪了？

克里斯　她应该是 —— 让我想想 —— 啊，她应该是二十岁了！

拉里　(惊奇地)你十五年没见过她了吗？

克里斯　(突然变得忧郁起来 —— 低声地)是。她还是小姑娘的时候，我就是帆船上的水手长。我从来不大回家，一年只有很少的几次。我是一个粗笨的水手。我的女人——安娜的妈妈——在瑞典一直等我回家,我又不回去,她厌烦了,就带着安娜,来到这个国家,他们又到明尼苏达州去,和她在农庄上的表兄妹住在一起。后来她妈死了,我又在航海,我想安娜还是住在农庄,跟表兄妹一道生活好,这样她就不知道有海这个老魔鬼,不知道有像我这样一个父亲了。

拉里 （向玛莎使眼色）这个姑娘,现在也许要嫁给一个水手啦。这是她的血统定下的。

克里斯 （突然一跃而起,愤怒地以拳击桌）不,上帝做证! 她不会这样做的!

玛莎 （赶快握住酒杯——愤怒地）嗨,当心,你这个笨蛋! 要把我的酒泼光了吗?

拉里 （惊愕）哦嗬,怎么啦? 难道你现在不就是一个水手吗? 过去一直不也是一个水手吗?

克里斯 （缓慢地）这正是我说那句话的缘故。（勉强微笑）水手都是好人,但是不能跟姑娘结婚。不能。我明白这个意思。安娜的妈,她也明白这个意思。

拉里 （当克里斯仍然沉浸在忧郁的回忆里）你的女儿什么时候来呢? 很快吗?

克里斯 （惊醒）哦,我倒忘记了。（匆匆地念着信）她说她马上就来,没有说别的。

拉里 我想,她也许会来这儿找你。（他回到酒吧间,吹着口哨。克里斯这时独自和玛莎在一起,玛莎盯着望他,眼神中闪烁着一种恶意的幽默。克里斯突然感到非常不安。他如坐针毡,于是急速地站了起来。）

克里斯　　我有话跟拉里说,就回来。(平息她)我给你再拿一杯酒来。

玛莎　　(喝干杯中的酒)好的。再来一杯吧。(他拿着杯子退下时,玛莎嘲弄地哈哈大笑。)

克里斯　　(用惊慌的语调低声对拉里说)准不会错的,在安娜到来之前,我得设法把玛莎从货船弄到岸上去!安娜要是发现这件事,她一定会大吵大闹的。可是要玛莎走,她也必定会大吵大闹!

拉里　　(轻声地笑)你这个老魔鬼,活该——这么大的年纪还搞了一个女人!

克里斯　　(犹豫不决,抓抓头皮)拉里,告诉我怎样向玛莎撒谎,好让她快快离开。

拉里　　她知道你的女儿要来。让她走就是了。

克里斯　　不。我不愿使她难过。

拉里　　你是一个又老又软弱的东西!那么,不要让你的女儿上船就是了。也许她愿意住在岸上。(好奇地)你的安娜,她是干什么的?

克里斯　　一直到两年以前,她始终都住在她表兄妹的农庄上。后来,她在圣保罗找到了当保姆的工作。(接着,坚定地摇着他的头)可是现在我不想要她工作了,我要她跟我住在一起。

拉里　　(轻视地)在煤船上!我想她不喜欢吧。

玛莎　　(在隔壁房里喊叫起来)荷兰佬,到底给不给我酒?

克里斯　　(吃了一惊——又忧惧又慌乱)好啦,玛莎,我来了。

拉里　　(倒出黑啤酒,递给克里斯——大笑)现在正好!你最好还是直接对她说出来吧!

克里斯　　（腿在靴子中发抖）上帝啊！（他把玛莎的酒拿了进来给她，坐在桌旁。玛莎安静地饮着酒。拉里悄悄地溜到隔板前偷听，露齿而笑期待着事情的发生。克里斯似乎要张口说话，又犹豫不决，大口大口地吞下威士忌，仿佛要寻找勇气似的。他试图装着毫不在意的样子，用口哨吹奏了《约塞芬》中的几小节曲调，可是口哨逐渐消失，毫无效果。玛莎敏锐地盯着他，看到他的为难之情，眼睛里闪烁着恶意的乐趣。克里斯清了清自己的喉咙）玛莎——

玛莎　　（挑衅地）什么事？（接着，假装大发脾气，她的眼睛却欣赏着克里斯的痛苦）荷兰佬，我知道你这个笨蛋在背后干些什么。嘿，你想甩开我吗？——现在她来了。嘿，要把我像叫花子一般地匆匆赶上岸去吗？荷兰佬，我要告诉你，在船上做工的笨蛋没有一个能对付得了这件事。办不到的事情就别打算做吧！

克里斯　　（痛苦地）玛莎，我没有打算做什么。

玛莎　　（望了他一会儿——接着，禁不住笑了出来）哈哈！你是一个可笑的人物，笨蛋——一个老老实实的失败者！哈哈！

（她呼哧呼哧地喘着气。）

克里斯　　（带着傻气的愠怒）我看没有什么可笑的。

玛莎　　去照照镜子，你就明白了。哈哈！（从欢笑中恢复过来——藐视地轻声笑）一个笨蛋到这个时候想来欺骗玛莎·欧文！——我已经和船上的人混了二十年啦。这套把戏，上下左右，我全都知道。我不是生下来就无缘无故地被拖到这个滨水区来的。嘿，认为我要找麻烦吗？那不是我！我会收拾东西走。我要离开你了，懂吗？我要告诉你，我讨厌跟你混在一起，我干脆离开你，明白吗？在别的船上还有别的许多人在等着我呢。总是有人的,想找就可找到。(她用手拍受惊的克里斯后背)荷兰佬,放心吧!在她来之前,我会离开的。你要彻底甩开我——我也甩开你——这对我们两个人都好。哈哈!

克里斯 (严肃地)我不想那样做。玛莎,你是个好女人。

玛莎 (露齿而笑)好女人?哦,真是滑稽可笑!你自己公公道道地待我,所以是半斤八两,谁也别替谁难过。嘿,我们还是朋友,是不是?(拉里回到酒吧台。)

克里斯 (因为麻烦已经消失,面上露出笑容)哦,是的。

玛莎 这话就对了!我的一生中,从来没想过跟一个心肠软的人分手。可是你刚才又惊慌什么呢——以为我会大吵大闹吗?这不是我玛莎的所作所为。(藐视地)以为我失去了你就会心碎吗?自杀吗?哈哈!上帝啊!要是愁的只是这个,世界上有的是男人!(于是喝干杯中的酒,露齿而笑)给我再来一杯,好吗?我替你为你的孩子的健康干杯。

克里斯 (热切地)一定。我去拿酒来。(他拿着两个酒杯,走进酒吧间)再来一杯。两人一样。

拉里 (倒好了酒,放在吧台上)她并不怎么坏,那一个。

克里斯 (愉快地)我告诉你,她是个好女人!哦,我现在要庆祝一下!来一杯威士忌,就在这吧台上喝。(他放下钱,拉里倒酒给他)拉里,你来一杯。

拉里 (正直地)你知道我从来不喝酒。

克里斯 你不知道你的损失有多大。干杯!

(他喝酒——接着,开始大声唱)

"我的约塞芬,上船来吧——"

(他端起玛莎和自己的酒,步履不稳地走进后房,唱着。)

"那轮月亮,她散发着光芒。

她的模样儿跟你一模一样啊!

唛——唛,唛——唛,唛——唛,唛。"

玛莎 （露齿而笑,手舞足蹈）好极了!

克里斯 （坐下）我是一个好歌手,是吗? 我们喝酒,好吗? 干杯! 我来庆祝庆祝! （喝酒）我庆祝,因为安娜要回家了。玛莎你知道,我从来没有写信要她回来,因为我想我对她没有什么好处。可是我一直盼望有朝一日她想看看我,于是就回来了。哦,现在竟是这样来了! （他的脸上显露出笑容）玛莎,你想她会是什么模样? 我跟你打赌,她是个美好、善良、强健的姑娘,非常漂亮! 住在农庄上使她这样的。我还跟你打赌,有朝一日他会和这东部的一个善良、靠得住的陆地上的人结婚,有她自己的家,有孩子 —— 哦,那时我是老祖父了! 每次我到附近的码头,就要去看望他们! （高兴起来）哦,我庆祝这个! （大声叫喊）拉里,再来一杯酒! （砰的一声,他以拳击桌。）

拉里 （从酒吧间走进来 —— 烦躁地）安静一点吧! 不要把桌子砸破了,你这头老山羊!

克里斯 （傻瓜似的露齿而笑,作为答复,并且开始唱）"我的约塞芬,上船来吧 ——"

玛莎 （拍了一下克里斯的手臂,劝说地）荷兰佬,酒醉到耳根了。出去吃点什么,醒醒酒。（当克里斯固执地摇头的时候,她又说）听我说,你这个老傻瓜! 你不知道你的孩子什么时候可能来。她来的时候,你得是一个严肃的人,你说是吗?

克里斯 （惊醒过来——摇摇晃晃地站立起来）哎呀，是的。

拉里 这对你来说倒是个好主意。一道好牛排会使你清醒过来。上那街角去。

克里斯 好的。玛莎，我马上就回来。

（克里斯穿过酒吧间，从通向街道的门出去。）

拉里 他吃点东西就会好的。

玛莎 那是一定。（拉里回到酒吧间，又看起报纸。玛莎沉思地饮着杯中剩下的酒。便门的电铃响了。拉里走到门边，把门开了一点儿——接着，脸上显出了迷惑不解的神情，将门大开。安娜·克里斯托弗森走了进来。她是一个身材高高的、皮肤白皙的、发育丰满的二十岁少女，具有北欧后裔女子的健美体形，但是现在身体欠佳，外表的一切清楚地显示了她属于世界最古老的职业的迹象。她的年轻的面容，在一层化妆品的下面已变得冷酷无情和玩世不恭。她的穿戴是农村姑娘当妓女那种打扮，既华丽又显得俗气。她走上前来，困乏地坐在前台左边桌子旁的椅子上。）

安娜 给我一杯威士忌——里面兑点姜汁汽水。（接着，当拉里转身要走时，勉强对他迷人地笑了一笑）宝贝儿，不要小气。

拉里 （挖苦地）那么，我用大桶来盛吧？

安娜 那太对我的胃口了。（拉里走进了酒吧间。两个女人彼此相互上下打量。拉里端了酒回来，放在安娜前面，又返回酒吧间。安娜将酒一饮而尽。过了一会儿，酒精开始激动她，她转身向玛莎，面带友好的笑容）哎呀，我很需要它，好了，好了！

玛莎 （同情地点头）当然——你看上去疲乏极了，打架了吗？

安娜 不——旅行了——坐了一天半的火车。不得不整夜地坐在肮脏的车厢里。上帝啊，我以为我永远到不了这儿了。

玛莎　　（大吃一惊——目不转睛地注视着她）你从哪儿来的，嗯？

安娜　　圣保罗——在明尼苏达州。

玛莎　　（惊奇地盯着她——缓慢地）那么——你是——（她突然发出嘶哑的嘲弄笑声）上帝啊！

安娜　　当然，从明尼苏达那么远的地方来的。（生气地）你笑什么？笑我吗？

玛莎　　（急速地）不是，我说的是老实话，孩子。我想起了旁的事情。

安娜　　（平静下来——微笑）喂，我并不责怪你。我的样子实在太狼狈了——出医院刚好两个星期。我要再来一杯威士忌。你怎么样？跟我喝一杯，好吗？

玛莎　　当然，我愿来一杯。谢谢。（她要酒）嗨，拉里！来点酒吧！（拉里走了进来。）

安娜　　给我来一杯酒。

玛莎　　我也照样。（拉里端起她们的酒杯，走出。）

安娜　　为什么不坐到这儿来呢，亲热一点儿。在这个城里，我是一个十足的陌生人——从前天起我就没有跟任何人说过一句话。

玛莎　　当然。（她拖着脚走到安娜的桌前，和她面对面地坐着。拉里端来酒，安娜付钱给他。）

安娜　　干杯！瞧我的！（她喝酒。）

玛莎　　一切顺利！（从她的杯里大口吞酒。）

安娜　　（从手提袋中取出一包"芳香烟丝"牌烟卷）这儿允许吸烟吗？

玛莎　　（犹豫不决地）当然。（接着，显然焦虑地）只是听到有人来的话,把它扔掉就是了。

安娜 (点燃一支烟,深深吸了一口)哎呀,在这个邋里邋遢的地方,还注意这些小事,是不是?(她喷出一口烟,注视着桌面。玛莎望着她,引起了新的深切的兴趣,仔细端详着她的脸部的每个部分。安娜突然意识到这种鉴定式的注视——不满地)难道我有什么不对的地方吗?你这样紧紧地盯望着。

玛莎 (为对方的腔调所激怒——藐视地)没有什么可看的。你一走进门我就知道你的岁数了。

安娜 (眼睛缩小)你真了不起啊!哼,我也一眼就看出了你的岁数了。你现在比我大四十岁。这就是你!(她强笑了一声。)

玛莎 (发怒地)是这样吗?哼,小丫头,我老实告诉你,玛莎·欧文从来就不——(她突然住口不说——露齿而笑)你和我争吵什么呢?别再吵了,好吗?我,我不愿跟任何人伤感情。(伸出手来)来握握手,把它忘了,好吗?

安娜 (高兴地握手)非常高兴。我实在不愿找麻烦。我们再来一杯。你看怎么样?

玛莎 (摇头)我不要了,已经够了。你——吃过什么东西吗?

安娜 早上在火车上吃过之后,就没有吃过东西了。

玛莎 那么你最好还是慢慢来的好,你看怎么样?

安娜 (犹豫了片刻)看来你说得对。我还要看一个人哪。可是经过这次倒霉的旅行之后,我的脑子乱极了。

玛莎 你不是说你刚从医院出来吗?

安娜 两个星期啦。(俯身向着玛莎,推心置腹地)我在圣保罗的那个赌场被抄了。这就算出了头了。法官判处我们所有在场的姑娘三十天刑期。别的姑娘似乎不太在乎蹲牢房。她们中有的已经习惯了。可是我，我却受不了，惹得我真的发了火——吃不下，睡不着，什么也做不了。我从来也受不了被关了起来。我生病了。他们不得不把我送进医院。医院里倒很不错。说老实话，我真不愿离开那儿啊！

玛莎 （稍停）你不是说你在这儿要会见一个什么人吗？

安娜 是的。哦，不是你想象的那样的人。说老实话，我要会见的就是我的父亲！那也真是滑稽可笑，从我还是一个孩子的时候起，就再没有见过他——连他是什么模样我也不知道——只是隔些时候来一封信。这儿是他给我写回信的唯一的地址。现在他是这儿某所大楼的看门人——过去是个水手。

玛莎 （惊奇）看门人！

安娜 一点不错。我在想，我的一生中他就从来没有为我做过一件事，也许他有过愿望，想把我放到一间房间里并且给我吃的，直到我休息个够。（疲倦地）哎呀，我确实需要这种休息了！我已筋疲力尽了。（接着，逆来顺受地）可是我对他并不抱多大希望。当你倒下来的时候，就给你一脚，所有的男人都是这样。（突然激情迸发）男人，我恨他们——恨所有一切男人！我想，他也绝不会比其他的男人更好。（接着，突然感兴趣）喂，你常到这个邋里邋遢的地方来吗？

玛莎 有时来，有时不怎么来。

安娜 那么，也许你认识他——我的父亲——要么至少看过他吧？

玛莎 是不是老克里斯，对吗？

安娜 老克里斯？

玛莎 克里斯·克里斯托弗森，这是他的姓名。

安娜 （兴奋地）是的，就是他！安娜·克里斯托弗森——这是我的真实姓名——只是在那种地方我称呼我自己安娜·克里斯蒂。那么你认识他了，是吗？

玛莎 （闪避地）认识他有年头了。

安娜 喂，告诉我，说老实话，他是什么模样？

玛莎 哦，他个子矮矮的，而且……

安娜 （急切地）我倒不在乎他是什么模样。他是怎么样的人呢？

玛莎 （诚挚地）喂，孩子，你可千万放心，凡是用两条腿走路的老人，没有一个比他更好的了。这不就行了吗！

安娜 （愉快地）听到你这句话我很高兴。那么，你认为他会安排我所需要的那种休息吗？

玛莎 （强调地）你要知道，那是一定的。（厌恶地）可是你从哪儿得知他是一个看门人呢？

安娜 他写信告诉我，自己这么说的。

玛莎 咳，他撒谎。他不是。他是一条货船的船长——他手下有五个人。

安娜 （厌恶地问话）一条货船？一条什么样的货船？

玛莎 运煤的，多半就是吧。

安娜 一条运煤的货船！（发出刺耳的笑声）要是找到长期失散的父亲干的不是这份了不起的工作该多好！哎呀，我知道一定又要出乱子了——我总是这么倒霉。这样，我对他给予休息的念头又吹了。

玛莎 你这是什么意思？

安娜 我想，他住在船上，是吗？

玛莎 当然。这有什么呢？难道你不也可以住在船上吗？

安娜 （藐视地）我？住在肮脏的运煤货船上！你以为我是什么样的人呢？

玛莎 （愤怒地）嘿，对于运煤货船你知道什么呢？我敢打赌你从来就没有见过一条。这就是他把你送到内地去培养成人的结果——远离海这个老魔鬼——在内地你会安全啊！——上帝啊！（语气中含有讥讽，触动了她的幽默感，她嘶哑地哈哈大笑。）

安娜 （怒气冲冲）他把我培养成人！这是他告诉人们的话吗？他的头脑真好啊！他让我母亲的表兄妹们在他们的农庄上抚养着我，把我像一条狗一样累得死去活来。

玛莎 喂，对于有些事情，他有自己古怪的想法。我听他说过，对于孩子来说，农庄是最好的地方。

安娜 是的。他写给我的回信上总是这样说的——还有一大套关于远离大海的古怪说法——这些说法我一点儿也摸不着头脑。我想他一定是发疯了。

玛莎 只是在这件事情上他有点发疯。（漫不经心地）嘿，那么你是不愿意终身留在农庄上了吗？

安娜 我是不愿意的！他们家里的老头子，他的老婆，还有四个男孩子——我不得不像奴隶一样侍候他们。我不过是一个穷亲戚，他们对待我比对待雇来的女仆还更坏。（犹豫了片刻之后——忧郁地）在我十六岁的时候，就是他的男孩子中的一个——最小的一个——糟蹋了我。在这件事情发生之后，我恨他们，所以如果再待下去，我会宰了他们全家的人。于是我逃了出来——到了圣保罗。

玛莎 （一直同情地听着安娜的说话）我听老克里斯说过，说你在那儿是一个保姆。这是你写信骗他的话吗？

安娜　不是的,一点也不是骗他的话。我真的做了两年保姆。我并不是一下子就变坏了的。正是做保姆才把我毁了。照顾别人的孩子,总是听到他们闹呀,哭呀,就像关在笼子里一样,可是自己还是一个孩子,需要出去见见世面。我终于得到了机会——进入了那所妓院。我确实干了!(挑战地)我一点也不后悔。(稍停之后——极为痛恨)都是男人的过错——这一切的一切。在农庄是男人命令我,打我——开始糟蹋我。后来我做了保姆,又是男人来纠缠我,找我的麻烦,千方百计想占便宜。(她苦笑一声)现在随时随地都是男人。上帝啊,我恨他们所有的人,恨他们每个母亲的儿子!难道你不恨吗?

玛莎　哦,我说不清楚。孩子,有好的也有坏的。你和他们混在一起,只不过是运气不好罢了。你的父亲——老克里斯——从现在来说,他是一个好人。

安娜　(怀疑地)那他得向我证明是一个好人。

玛莎　你一直告诉他,你是一个保姆,甚至在你进了妓院之后,是不是?

安娜　是的。(玩世不恭地)我想他才不在乎呢!

玛莎　孩子,你完全错看了他。(诚挚地)有很长一段时间了,我很了解老克里斯。他常常跟我提起你,他很想念你,说老实话,他确实想念你。

安娜　咳,别骗我了!

玛莎　说的是老实话呀!他只不过是一个头脑简单的老人啊,明白吗?他有些古怪的想法,可是他的心眼儿是好的。孩子,听我说——(她的话被酒吧间通向街道的门的开关声所打断,而且还听到了克里斯的声音)唏……!

安娜　怎么啦?

克里斯　(走进了酒吧间,似乎颇为清醒了)哦,拉里,那边吃的东西味道不错。玛莎在后面吗?

拉里　是的——还有另外一个流浪姑娘跟她在一起。(克里斯朝通向后房的门走去。)

玛莎　(匆促而紧张地向安娜低声细语)就是他。他到这儿来了。提起精神来!

安娜　谁?(克里斯把门打开。)

玛莎　(仿佛第一次见到他)喂,老克里斯,你好。(接着,不等他开口,她就匆匆地从他身旁向酒吧间走去,招手要他跟着他过去)到这儿来,我有事要告诉你。(他随她走出。她匆促地低声说)听着!我要到船上去——收拾好我的衣物就离开。里面就是她——你的安娜——刚刚来到——等着你啦。要好好待她,明白吗?她病了。好吧,再见吧!(她走进后房——向安娜)孩子,再见了。现在我要走了。以后来看你。

安娜　(紧张地)再见。(玛莎迅速地从便门走出。)

拉里　(好奇地看着惊得发呆的克里斯)喂,现在究竟出了什么事?

克里斯　(含糊地)没有什么——没有什么。(他站在通向后房的门前,困恼万分——接着,他迫使自己大胆地下了决心,把门推开,走了进去。他站在那儿,羞怯地向安娜看了一眼,她的华丽的衣着,和在他看来高贵的外表,都使他感到非常敬畏。他可怜又神情不安地向四周望了一望,仿佛要避开她对他的面孔、衣着等等所做的评价的目光——他的声音似乎恳求她的宽恕)安娜!

安娜　(非常羞怯)你好——爸爸。她告诉我,是你。我刚刚才到达这儿。

克里斯　（缓慢地走到她的椅子边）安娜，太好啦——能见到你——过了这么许多年。（他俯身向她。他们克服了羞怯，总算吻了彼此。）

安娜　（声音中带有真正的感情）能见到你，我也感到好极了。

克里斯　（抓住她的手臂，仔细地注视她的面容——接着被激动的狂热怜恤所压倒）安娜小宝贝儿！安娜小宝贝儿①！（把她抱在怀里。）

安娜　（从他怀里缩了回来，半惊恐地）那是什么话——瑞典话吗？我不懂。（接着，仿佛要用喋喋不休的闲聊来转变紧张的气氛）哎呀，我到这里来，这段路程真可怕极了。我疲乏极了。我不得不整夜地坐在肮脏的车厢里——不能睡觉，简直不能——后来找这个地方，又真难找啊。我以前从来没有到过纽约，你是知道的，而且……

克里斯　（一直赞慕地望着她的面孔，没有听见她说的话——冲动地）安娜，你知道你是很漂亮的姑娘吗？我敢打赌所有的男人看到你，都一定会爱上你的啊！

安娜　（反感——严肃地）别说了！你说话和他们没有两样。

克里斯　（自尊心受了伤害——谦恭地）安娜，你爸爸这样说话不会伤害你吧。

安娜　（勉强笑了一笑）不会的——当然不会的。只是——见到了你，一点也记不起来了，真有趣。你简直就像——一个陌生的人。

---

① "小宝贝"一词原文为"lilla"，是瑞典语，不是英语，故安娜不懂。

克里斯 （忧伤地）也许是吧。在瑞典的时候，你还是个孩子，我回家只不过有数的几次。你不记得了吧？

安娜 不记得了。（怨恨地）可是在那些时候，你为什么总是不回家呢？为什么从来不到西部来看我呢？

克里斯 （缓慢地）在你母亲死后，当我又外出航海的时候，我曾想过，对你来说，最好永远不要见到我吧！（他沮丧地坐在她对面的椅子里——然后转身向她——忧伤地）安娜，我不知道在那些年代，我为什么不回到瑞典家里去。每次航海结束，我都想回家。我想看看你的母亲，你的两个哥哥，那时他们还没有落水淹死哪，还有刚出生的你——可是——我——没有回去。我又和另外的船订下了合同——到南美洲去，到澳大利亚去，到中国去，好多次地到世界所有的港口去。可是我从来没有登上去瑞典的船。当我有了钱可以和其他乘客一样，买船票回家的时候——（他负疚地低下了头）我忘了，而且把钱都花光了。当我再想回去，又太迟了。（他叹了一口气）我不知道什么缘故，安娜，可是多数做水手的人都是这样。海那个老魔鬼使了卑劣的诡计，把他们都变成了着了迷的傻瓜。就是这样。

安娜 （他说话的时候，她热切地注视着他——她说话的声音却带有嘲弄的口吻）那么，你认为这一切的事情都该怪大海，是吗？喂，你还是在干这一行，是不是，尽管你总是写信告诉我你恨海。刚才在这儿的那个女人告诉我，你是一条运煤货船的船长——而你写信告诉我，说你是一所大楼的看门人！

克里斯 （羞怯但仍顺口撒谎）哦，我在岸上做了很长时间的看门人。就在不久以前，因为我病了，需要露天的空气，我就找了这个活干。

安娜 （怀疑地）病了？你？你决不会的。

克里斯 安娜，而且这不是真正的水手的工作，也不是海上真正的船。它只不过是一个旧木盆——就像一块上面有房屋的陆地，浮在水面罢了。在它上面干活算不上海上工作。不，安娜，我就是死也不在海上找活干。在你母亲死的时候，我曾这样起过誓。我一定要遵守我的誓言。

安娜 （困惑不解）唉，我看不出有什么不同。（转变话题）说起病，我自己在那儿也病了——出医院刚刚两个星期。

克里斯 （立即关心地）安娜，你病了吗？天呀！（焦虑地）现在感到好些了，是不是？你看上去有点累就是了！

安娜 是的，累得要命。我需要一段很长的休养，我看很难得到这种机会。

克里斯 安娜，你这是什么意思？

安娜 唉，我下决心来看你的时候，我以为你是一个看门人——有一个住处，如果你不介意我住下的话，我可以住些时间，休养休养——直到我感到有能力回去工作为止。

克里斯 （热切地）安娜，可是我有住的地方——很好的地方。你想怎么休息就怎么休息好了！你没有必要再去做保姆了。你跟我住在一起吧！

安娜 （他的真诚态度使她感到惊讶和高兴——笑了一笑）那么，你见到我真的很高兴——真是这样吗？

克里斯 （把她的一只手握在他的双手中）安娜，我告诉你，我就像发了疯一样地喜欢看到你啊！别再谈找工作的话了。你跟我住在一起。我好长时间没有看到你了，别忘了这个。（声音发抖）

我老了，在世上，我除了你再没有别的亲人了。

安娜 （受到感动——这种不熟悉的感情又使她感到羞怯）谢谢。听到有人这样对我说话，确实挺不错的。我说，既然——如果你是这样孤单——奇怪——你为什么不再结婚呢？

克里斯 （极力地摇头——稍停）安娜，我太爱你的母亲，不愿再结婚了。

安娜 （深受感动——缓慢地）对于她我记不起什么了。她是什么模样呢？告诉我。

克里斯 我把一切事情都告诉你——你也把你所经历的前前后后都告诉我。可是不要现在在这儿说。这儿对年轻的姑娘来说总是不好的地方。只有坏水手才到这儿来喝酒。（他迅速地站立起来，拿起她的手提包）安娜，跟我来。你需要躺下，休息休息。

安娜 （刚要立起身子，接着又坐了下来）你要到哪儿去？

克里斯 来。我们到船上去。

安娜 （失望地）你是说，到你那条货船上去吗？（冷冰冰地）那不是我去的地方！（接着，看到他垂头丧气的样子——勉强一笑）你以为对于一个像我这样的年轻姑娘，这是好地方——一条运煤的货船？

克里斯 （迟钝地）我想是的。（他犹豫了一会儿——于是继续愈说愈恳切地）安娜，你不了解，货船上是多么好。拖船来了，我们便被拖出去航海——四面都是水，阳光，新鲜空气，好的食物使你成为健壮的姑娘。你可以看到许多你以前没有见到的东西。夜晚你也许可以看到月光；看到轮船驶过去；看到帆船浮游——看到这一切美丽的事物。你需要像这样的休息。对于年轻的姑娘来说，你已经工作得太劳苦了。你需要长期的休息,是的!

安娜 (已经越来越感兴趣地倾听他的讲话——令人捉摸不定地大笑了一声)你所讲的倒是挺动听的。我确实喜欢在海面上旅行一次。就是这条货船打消了我的念头。好吧,我跟你一道去看一看——也许我愿意住下来。哎呀,我这个人什么事情都得试试看。

克里斯 (又提起她的手提包)我们走,好吗?

安娜 忙什么呢? 等一会儿吧。(有一阵忘乎所以,又恢复了随便的样子,向他投射了一次她职业上的胜利的微笑)哎呀,我口渴得很。

克里斯 (立即放下了她的手提包——迅速地)安娜,对不起。你想喝点什么,嗯?

安娜 (迅速地)我要——(然后突然想到目前的处境——慌乱地)我不知道。他们这儿有些什么呢?

克里斯 (露齿而笑)我想这个地方对年轻姑娘来说没有什么好喝的东西。姜汁汽水——也许还有水果汽水。

安娜 (勉强使自己大笑了一声)那么,就要水果汽水吧。

克里斯 (向她走去——眨眼)安娜,我告诉你,我们来庆祝一下,是的——就只这一次,因为我们这么多年之后才见面。(半低声,羞怯地)安娜,他们有好的葡萄酒。我想,这对你是有益处的——少喝一点——可以使你开胃,并且也不太厉害,喝上一杯,我担保,你不会头晕的。

安娜 (略带歇斯底里的笑)好吧,就来葡萄酒吧。

克里斯 我去拿酒来。(他走进酒吧间。当门关上的时候,安娜立即站了起来。)

安娜 （拿起手提包——说出声——结结巴巴地说）天呀，我真受不了这个！我最好还是走吧。（接着，手提包又自她的手中掉下，她又倒在椅子里，用手掩住脸，开始抽噎。）

拉里 （克里斯走近的时候，放下了手中的报纸——露齿而笑）喂，那个女的是谁？

克里斯 （自豪地）拉里，她就是安娜。

拉里 （惊奇地）你的女儿，安娜吗？（克里斯点头。拉里吹了一声深沉的口哨，困惑地转过身去。）

克里斯 拉里，你看她漂亮不漂亮？

拉里 （打圆场地）当然！就像桃子一般的美！

克里斯 一点不错！给我酒拿回去——安娜要一杯葡萄酒——她这一次同我一起庆祝一下——我来一小瓶啤酒。

拉里 （端上酒来）你要一小瓶啤酒，是吗？她已经使你改邪归正了。

克里斯 （快乐地）一点不错！（他接过酒。安娜听到他来了，急忙擦干眼泪，勉强笑着。克里斯走了进来，把酒放在桌子上——热切地看了她一会儿——拍拍她的手）安娜，看上去你很疲乏了。好吧，现在我让你好好地休息一长段时间。（端起啤酒）来，喝杯酒，提提神。（她举杯——他露齿而笑）安娜，干杯！你懂不懂这是瑞典话？

安娜 干杯！（把葡萄酒一饮而尽，就像喝威士忌一样——嘴唇颤动）干杯？我想我懂这句话的意思了！

〔幕落〕

第 二 幕

景：十天之后。停泊在马萨诸塞州普罗文斯敦外港、载货沉重的"西米恩·温思罗普号"货船的船尾上。晚上十点钟。货船静悄悄地浮在水面，四周缭绕着浓雾。在一大卷粗缆绳上放着一盏提灯，向它附近的物体——例如扣紧拖缆的大马嚼铁等，透射着暗淡的灯光。后面是船舱，舱内的灯光投射在窗户上，模糊地发出苍白的光亮。舱内火炉的烟囱在舱顶上伸出有数尺之高。岸上和停泊在港内的船上，发出的令人忧伤的钟声，在有规律的间歇中，划破夜的寂静。

〔幕启时，安娜站在放置提灯的那卷粗缆绳旁边。她显得健康，模样改变了，脸上恢复了自然本色。她身穿一件黑色的油布上装，但没有戴帽子，向船的尾部凝视着浓雾，脸上现出了既惊奇又敬畏的表情。舱门被人推开，克里斯走了出来。他身穿黄色油布衣服——上装，长裤，还有防水帽——脚上是高筒靴。

克里斯 （舱内的灯光仍然留在他的眼内，眨着眼睛凝视船尾）安娜！（没有回答，他又喊了一声，这次喊声显然是犹豫的）安娜！

安娜 （吃了一惊——做手势向他示意，仿佛强迫他保持安静——细声低语地）嗯，我在这儿。你要什么？

克里斯 （向她走去——担心地）安娜，你不回舱里来吗？时间不早了——已经四击钟了。站在外面雾里，我想对你的身体是不好的。

安娜 为什么不好呢？（带有奇异的喜悦）我喜欢这样的雾！说老实话！它是那样的……（她迟疑了一下，思索恰当的字眼）很有趣，又宁静。我感到仿佛——超脱了一切似的。

克里斯 （厌恶地吐口唾沫）雾是它玩弄的鬼把戏中最坏的一种！

安娜 （笑了一笑）又在埋怨海了吗？我虽然看到的还不多，却渐渐地爱上它了。

克里斯 （不快地看了她一眼）安娜，这是蠢话。你看得愈多，你就愈不会这样说了。（接着，看到她有怒气，连忙改成愉快的口吻）不过你喜欢待在货船上，我倒很高兴。这儿使你感到很好，我也很高兴。（安抚地露齿而笑）你喜欢这样孤孤单单地跟着你的老爸爸住在一起，是吗？

安娜 当然我喜欢。每件事都和我以前经历过的事情不同。就说现在——这样的雾——哎呀，说什么我也见不到的。我从来也没有想到住在船上和住在陆地上是这样地不同。哎呀，如果我是一个男子汉的话，我一定会喜欢在船上工作，真的我喜欢。难怪你一直是一个水手。

克里斯 （感情激烈地）安娜，我不是水手，而且这儿也不是真正的海。你只看到它好的一面。（接着，见她没有回答，便充满希望地继续说)嗯,我想一到早上雾就会消失的。

安娜 (声音中又带欢欣)我爱它!如果它永远不消失,我也不会厌烦啊!(克里斯烦躁地挪动了一下双脚。稍停,安娜又继续缓慢地说)它使我感到干净 —— 在这海上 —— 就好像洗了一个澡似的。

克里斯 (稍停)你最好还是进舱里去看看书。这样可以使你睡着。

安娜 我不想睡觉。我要待在这儿外边 —— 想想一些事情。

克里斯 (离开她向船舱走去 —— 然后又走了回来)安娜,你今天晚上有点儿古怪。

安娜 (生气地提高了声音)喂,你打算怎么样 —— 要把事情搞糟吗?你待我很好,不能再好了,我当然很感激你 —— 只是现在你不要把它毁了。(接着,看到她父亲脸上显出了自尊心受到伤害的表情,勉强笑了一笑)我们谈些别的事情吧。来,坐在这儿。(她用手指着那卷粗缆绳。)

克里斯 (在她的身旁坐下,叹了一口气)安娜,夜深了,快要五击钟了。

安娜 (感兴趣地)五击钟吗?那是什么时候呢?

克里斯 十点半。

安娜 真有趣,我对海上的行话一点儿也不懂 —— 那些表兄妹们总是谈论收成这一类的话。哎呀,难道我没有听厌吗?对于他们也厌烦了!

克里斯 安娜,你不喜欢住在农庄吗?

安娜 我已跟你说过千百次了,我恨农庄。(坚决地)我宁愿有一滴海水,也不愿有世界上所有的农庄!我说的是老实话。

你也不会喜欢农庄。你是属于这儿的。（她向海挥了一下手）不过不是在运煤的货船上。你是属于一条真正的船上的人，到世界各地去航行。

克里斯 （不快地）安娜，我干这行已经多年了，我真是一个十足的傻瓜。

安娜 （厌恶地）哦，讨厌鬼！（稍停，沉思地说）咱们家里的男子汉是不是都是水手？——就你知道的祖先——回想一下。

克里斯 （唐突地）是的，十足的傻瓜！我们的那个村庄是在瑞典的海边上，所有的男子汉都去干航海这一行，他们没有别的事可干。我的父亲就死在印度洋的一条船上，他葬身在海里。他的事情我知道得很少。后来我的三个哥哥也上了船干活，我也干了这一行。于是我的母亲一个人孤单单地留在家中。不久，她就死了——一个亲人也不在身边。她死的时候，我们都出海去了很远的地方。（忧伤地停顿了一下）我的两个哥哥，就像你的哥哥们一样，在渔船上落水淹死了。我的另外一个哥哥，积蓄了一点钱，不干海上这一行了，后来死在家中的床上。他是唯一的一个没有被那个老魔鬼害死的人。（挑战地）至于我，我敢打赌，我也会死在岸上，死在床上。

安娜 他们所有的人都只是一般的水手吗？

克里斯 他们中的大多数人都是身强力壮的水手。（有些得意的神气）他们也都是精明的水手——头等的水手。（接着，犹豫了片刻之后——害羞地）我是水手长。

安娜 水手长？

克里斯 那是一种官职。

安娜 哎呀，那很好。水手长做些什么呢？

克里斯　（犹豫了一下之后，由于担心她的过分的兴奋而沉浸在忧郁之中）整天工作都很辛苦。我告诉你，到海上去简直糟糕透了。（决定使她厌烦海上生活——滔滔不绝地）我们家里的人全都是一些傻瓜。他们没有目的地在海上干糟糕的活，什么也不计较，只等着发工钱的那一天，把钱放在口袋里，就去喝酒，受人的骗，然后又上船航行到别的地方去。他们不回家，净做些好人不会干的事情。海那个老魔鬼迟早会吞没他们的。

安娜　（兴奋地大笑）我要称呼他们是堂堂正正的好汉。（接着，迅速地）可是——听我说——咱们家里所有的女人都嫁给了水手吗？

克里斯　（热切地——看到有机会使她接受他的论点）是的——她们的情况坏到不能再坏了。她们终年看不到她们的男人，好久好久才能见一次面。她们待在家中，孤单单地等着。她们的孩子长大成人了，也到海上去了，她们又得坐下来再等着。（激动地）任何姑娘嫁给水手，一定是个发了疯的傻瓜！要是你的母亲还健在的话，她一定会对你这样说的。（他陷入了忧郁的沉思。）

安娜　（稍停——梦幻地）真有趣！今天晚上我感到有点古怪。我感到老了。

克里斯　（迷惑不解）老了吗？

安娜　是的——好像生活在这雾里很长很长的时间了。（困惑地皱眉）我不知道怎样才能说清楚我的意思。好像我在别的什么地方待了一段很长的时间，又回到家里来似的。好像很久以前我曾经在这儿住过——就在船上——在这同样的雾中。（短促地笑了一笑）你一定认为我大错特错了。

克里斯　（粗暴地）任何人在雾里都会这样古怪的。

安娜　（固执地）可是你想想我为什么会有这样的感觉呢？——好像我发现了我曾经失去了某种东西，而且一直在寻找着——好像这儿正是适合我的地方。我仿佛已经忘记了——过去发生过的一切事情——好像跟我再没有关系了。我感到现在多多少少是干净的——就像你刚刚洗过澡那样的感觉。我这一次真正感受到了快乐——是的，是真心话！——比以前我所到过的任何地方都更快乐！（由于克里斯没有表示意见，只是深深地叹了一口气，她又继续叙述她的奇异心情）我这样感觉很古怪，你看是不是？

克里斯　（声音中带有严酷）安娜，我把你带到海上来，我真是一个十足的傻瓜。

安娜　（他的声调感动了她）今天晚上你自己说话也很古怪。你的所作所为，好像害怕会发生什么事情似的。

克里斯　安娜，那只有上帝才知道。

安娜　（半嘲笑地）那么，就正像牧师所说的那样，这是上帝的旨意——这所发生的一切事情。

克里斯　（站立起来，强烈地抗议）不是啊！海那个老魔鬼它不是上帝！（在他抗议之后的片刻寂静的停顿中，一个男子汉的干涩的、声嘶力竭的喊声隐隐约约地从雾中向舷窗传来）"啊嗬！"（克里斯惊奇地喊了一声。）

安娜　（一跃而起）什么事？

克里斯　（已经镇定下来——局促不安地）哎呀，那个声音把我吓了一跳。安娜，那不过是有人在喊叫——在雾里迷失了方向。一定是渔船。我想是渔船上的机器出了毛病。（"啊嗬"的喊声再次穿过了墙壁厚似的雾,这次声音越来越近。克里斯走到船的左舷)喊声是从这边来的。船是从公海开进来的。(他把双手撑着嘴,采取喇叭筒的姿势,大声喊回去)喂,啊嗬! 出了什么毛病?

人声 （这次喊声更近了,但已向前移动到船头）我们靠近的时候,把一条绳子扔过来。(接着,激怒地)你们在哪儿呀,你们这些笨蛋?

克里斯 我听到了他们划桨的声音。我想他们向船头开过来了。(于是再次大声喊)到这边来!

人声 知道了！（传来了桨在桨架中搅动的声音。）

安娜 （半自言自语——不满地）那个家伙为什么不待在他自己的船上呢?

克里斯 （仓促地）我到船头去。水手全都睡了,只有值班守望的一个人。我得给他一条粗缆绳。(他拿起一卷绳子,急忙向船头走去。安娜回身向船尾的尽头走去,仿佛她要尽可能地保持孤单。她转过身来,向雾里望着。人声呼喊着"啊嗬"又传送了过来,克里斯回答:"到这边来。"接着是一阵停顿——又出现了喊喊喳喳的兴奋的人声——随着是脚步声。克里斯从船舱周围出现走向舱口。他扶着一个身穿工作服、一瘸一拐的人,此人的一只手臂挽在克里斯的颈上。水手约翰逊,一个年轻漂亮的瑞典小伙子,也扶着另一个精疲力竭、穿戴相同的人,跟着上场。安娜转过身来望着他们。克里斯停了一会儿——接二连三地说)安娜! 过来帮帮忙,好吗? 你到船舱里找瓶威士忌来。这些人需要喝点酒壮壮身体。他们快要累死了。

安娜 （急忙走过去）当然——可是他们是谁呢? 到底出了什么麻烦事?

克里斯 都是水手。他们的船出事沉没了,在小船上整整待了五天——四个人——只有一个人能站立起来。安娜,过来。(她先走进船舱,将舱门扶着,让克里斯和约翰逊扶着那两个人进去。门关上了,接着,门又打开了,约翰逊走了出来,克里斯的声音随着他从舱内传出来)约翰逊,快去看看另外的那个人。

约翰逊 是的,先生。(他走了出去,门又关上。马特·伯克蹒跚地从船舱的左舷那边走上来。他缓慢地移动身子,脚步不稳,右手扶着舷墙,以保持自己身体的稳定。他光着上身,没穿衣服,只穿了一条肮脏的粗布裤子。他是一个身强力壮、胸膛宽厚、六英尺高的男子汉;他的面容英俊,带着一副坚忍、粗犷、果敢、富于反抗精神的样子;他的年纪在三十岁上下,正是肌肉结实发达、孔武有力的时期;他的乌黑的眼睛由于缺少睡眠而呈现血丝和狂乱;他的手臂上和肩膀上的肌肉,结实得一块块地凸了出来,前臂上的青筋突出,就像青色的绳子。他摸索着走向那卷粗缆绳前,坐了下来,面向船舱,弯着背,双手托着头,显出精疲力竭的样子。)

伯克 (大声地自言自语)摇,你这个魔鬼!摇!(接着,抬起头,向四周张望)这是一条什么小船呢?喂,我们总算平安了——上帝帮忙。(机械地画了一个十字。约翰逊扶着第四个人沿着甲板走向舱口。那个人断断续续地喃喃自语。伯克轻视地看了那个人一眼)你已经神志不清了,是吗?你这个不中用的东西!(他们两人从他身旁走过,进入船舱,舱门仍然开着。伯克疲乏地倾身向前瘫倒在地)我没有力气了——一点力气也没有了。

安娜 (从船舱内走了出来,手里拿着一瓶还剩下四分之一的威士忌。她看到伯克就在跟前,舱内的灯光从开着的门投射在他全身上,不由得吃了一惊。接着,克服了那种显而易见的厌恶走到他的身旁)来,给你。喝一口酒吧！我想，你需要喝点酒。

伯克 （缓慢地抬起头来——慌乱地）我在做梦吗？

安娜 （半带微笑）把酒喝下去，你就会弄清楚你不是在做梦。

伯克 让酒见鬼去吧——不过我喝点酒也好。（举瓶一饮而尽）啊哈！我需要这个——而且还是好酒。（仰望着她，显示出坦率而带微笑的赞赏）我说我是在做梦，那不是酒后胡说。我认为你是海里出来的什么美人鱼，来折磨我的。（伸出手来，抚摸她的手臂）是的，真的有血有肉，一点不假。

安娜 （冷淡地。向后退了一步）别动手动脚。

伯克 可是告诉我，我所在的是不是一条货船——难道不是吗？

安娜 当然。

伯克 像你这样一个漂亮的女人在这种小船上干什么呢？

安娜 （冷淡地）这不关你的事。（接着，不禁引起乐趣来）喂，说老实话，你是一个了不起的人——经受过这样的遭遇之后，竟还开起玩笑来。

伯克 （感到高兴——自豪地）啊，这算不了什么——像我这样一个有力量的真正的男子汉，这不算什么。（大笑）漂亮的人儿，那不过是一天的工作罢了。（接着，比较严肃地，但仍带有自夸的口气，机密似的）可是一点不假，真是他妈的死里逃生，这会儿我们都该在海底，跟海神爷打交道啦！告诉你，要不是我力气大、有胆量，这会儿不被鱼吞了那才怪呢！

安娜 （藐视地）哎呀，你恨你自己，是不是？（接着，冷漠地转身离开了他）喂，你最好还是进来躺一躺。你一定想睡觉了。

伯克 （受到刺激——摇摇晃晃地站立起来，挺起胸膛，昂着头——

愤恨地）躺下，睡觉，是吗？两天两夜都没有眨过一下眼，现在倒要睡了。别以为我跟同船来的那三个家伙一样没用。我坐在这儿，一只手绑在背后，就可以把他们三个人打翻在地。他们也许累了，但是我不——而且两天以来，他们躺在船里，手都举不起来，是我把船摇来的。（看到她没有反应，大发雷霆）虽然我累了，船上所有的人，一个对一个，我都能把他们打倒。

安娜　（讽刺地）哎呀，你真是一个了不起的家伙！（但看到他疲乏无力、摇摇晃晃的样子，又显露出一些同情）别再说打架的事了吧。你说的话，我都相信。如果我请不动你进舱的话，那么就坐在这儿吧。（他无力地坐下）你已精疲力竭了，也许你就该这样。

伯克　（粗暴地）我该见鬼去！

安娜　（冷淡地）喂，顽固下去，与我无关。我该说，你的话我是不会理会的。我认识的男子汉当着太太小姐面是不会说出那样的粗野的话的。

伯克　（又摇摇晃晃地站立起来——愤怒地）太太小姐们！哈哈！鬼话！别作弄我了！太太小姐们在这条血腥的船上干什么呢？（安娜打算走进船舱，他突然东倒西歪地拦住她的去路）现在，慢着！你不是老顽固的北欧女人，我想你要告诉我的下文是——跟他同住在船舱里，正是这样！（他看到安娜脸上冷若冰霜、含有敌意的表情，突然改变了口气，兴高采烈地）可是自从我第一眼看到你以来，我就想到，像你这样一个美丽漂亮的姑娘，竟跟那么一个又矮又胖像猪一样的瑞典老头子混在一起，真是糟蹋了自己的青春，太愚蠢了。海上有多少英俊魁梧的小伙子，会献出他们的生命来换取你的一个吻！

安娜　（藐视地）像你这样的小伙子，是吗？

伯克　（露齿而笑）你相信我说出的话吧，要是要我说，我们两人正好相配。（他迅速地拦腰抱住她）嘘，现在，我的漂亮姑娘！他在船舱里。我需要的是你的一吻，来驱散我身上的疲劳。来，接个吻！（将她抱紧，企图吻她。）

安娜　（拼命地挣扎）放开我，你这个大笨蛋！（她竭尽全力把他推开。伯克身体虚弱，摇摇欲坠，不胜提防，向后倾倒，落地时，头砰的一声撞在舷墙上。他躺倒在地，半天不动。安娜站立了片刻，恐惧地望着他。接着，她屈膝跪在他的身旁，将他的头扶起，放在她的膝上，焦急地望着他的面孔，希望有苏醒的迹象。）

伯克　（身体动了一动——喃喃低语）上帝保佑！（他睁开眼睛，向她眨了一眨眼睛，表现出含糊的惊奇。）

安娜　（松手让他的头倒在甲板上，站立起来，舒了一口气）你苏醒过来了，是吗？哎呀，吓了我一跳，以为我把你弄死了。

伯克　（挣扎地坐了起来——轻视地）弄死了，是吗？我这颗大脑袋，一下子是打不碎的。（接着，望着她，表现出极为强烈的赞赏）可是你那一双美丽的手臂，竟有这样大的力气，真了不起。在这个世界上没有一个男子汉能跟你说同样的话，说他亲眼看到马特·伯克躺在他的脚前断了气。

安娜　（颇为懊悔地）别提它了。刚才发生的事，我很对不起你，明白吗？（伯克起来，坐在长凳上。于是严肃地）只是你没有权利对我放肆。听我说，别再胡思乱想。我待在这条货船上，是因为我跟我的父亲出去旅行。船长就是我的父亲。现在你该明白了吧。

伯克　那个老矮胖子——我是说那个瑞典老头子?

安娜　是的。

伯克　(站立起来——凝视着她的脸)如果我生来不是一个大傻瓜,当然我就该明白。你的漂亮的金色头发在你的头上就像一顶金色的王冠,那能是从哪里得来的。

安娜　(愉快地大笑)喂,什么也不能使你住嘴,是吗?(接着,又用严肃的口气)可是难道你不认为该为刚才你的言行向我道歉吗? 你却反倒用这些废话来欺骗我。

伯克　(愤怒地)废话!(接着,欠身向前,极其诚恳地)说实在的,我该千百次地请你原谅——要是你愿意,我可以跪下。我所说的、我所做的,都算是放屁好了。(又片刻地显出了愤怒的表情)可是世界上各个港口的女人,从来就没有一个这样愚弄过我!

安娜　(愉快地讥讽)我明白了。你是说你是一个专门勾引女人的人,她们所有的人都拜倒在你的脚下。

伯克　(生气。热情地)别再愚弄人了! 瞧得起你才这样说。(热诚地)刚才我说到女人的事,没有撒谎。(后悔地)我是一个大笨蛋,一生气,就把你看错了,以为你跟滨水区的下贱女人一样,可是自从我长大成人以来,我就没有遇到过像你这样的女人。(安娜听到这话,向后退缩,他迅速地申诉)我是一个粗鲁的人,我以为像你这样漂亮体面的姑娘,我连吻你的鞋底也不配。只是出于你的天真的样子才使我看错了你。所以请你原谅我,为了上帝的爱,让我们从此做个朋友吧。(热情地)我想,我宁愿跟你做朋友,不愿享有世界上任何其他的东西。

(他羞愧地向她伸出手来。)

安娜 （奇怪地望着他，迷惑不解，焦虑不安，但是还是不由自主地受到感动，衷心欣慰——犹豫地握住他的手）当然。

伯克 （孩子气的喜悦）上帝保佑你！（他极为兴奋，紧握她的手。）

安娜 哎哟！

伯克 （急忙松手——懊悔地）小姐，请原谅，我是一个粗野的人。（接着，坦率地——自豪地看着自己的手臂）我的手和膀子力气大，有时我真的忘记了。

安娜 （抚摸自己被握痛的手，看他的手臂，也显露同他一样的赞赏之情）哎呀，你确实有些力气。

伯克 （高兴）一点也不撒谎，我怎么会力气不大呢，从我还是一个孩子的时候起，就在炉膛口工作，到现在铲过的煤有一百万吨了。（他拍拍那卷粗缆绳，请她坐）喂，小姐，你坐下，我把我的一些事情告诉你，你把你的一些事情告诉我，这样，一个小时以后，我们就会像在同一个屋子里出生的老朋友一样了。（羞怯地拉拉她的衣袖）要是你愿意的话，就请坐下。

安娜 （笑了一笑）好吧——（她坐下）可是我们不谈我的事情，明白吗？把你的事情和船出事的情况说给我听。

伯克 （心中高兴）当然，我会说给你听。可是，小姐，我可不可以向你提一个问题，我的头弄昏了没有？

安娜 （谨慎地）嗯——我不知道——怎么一回事？

伯克 你跟那个老头子没有出来旅行的时候，你干什么呢？因为我认为像你这样一个漂亮的姑娘一定不会总是待在这条小船上。

安娜 （不安地）嗯——当然不是的。（疑虑地端详着他的脸，唯恐在他的话里可能含有暗示。看到他那单纯坦率的样子，她才大胆地继续说）好吧，我告诉你。我是一个家庭教师，懂吗？我帮别人看孩子，教他们学习。

伯克 （深受触动）家庭教师，是吗？那你一定很聪明伶俐。

安娜 不要再谈论我的事了。告诉我船出事的情况，刚才你已答应说给我听的。

伯克 （很重要似的）小姐，事情是这样的。两星期以前我们遇上了倒霉的暴风雨，船的前部裂了缝进了水。船长希望在船还没有遭到另外一次袭击而完蛋以前，赶到波士顿，可是十天以后，我们又遇到了像上次一样的暴风雨，这次更糟糕，从船头到船尾都进了海水，我们整整四天泡在船的水里。这真是最危险的时刻，上帝保佑我们。（自豪地）要不是凭着我和我的力气，我告诉你——一点不假——生火间就要发生暴动了。是我把他们镇压下去的，一拳一击地把他们个个打翻在地，他们再不怕轮机员了，只怕我的右胳臂，比害怕海还要更厉害。（他焦急地望着她，期待着她的同意。）

安娜 （欲笑不笑——听到他那孩子般的大话感到有趣）你很费了一番功夫，是不是？

伯克 （迅速地）就是嘛！他们软弱无力，屈服了，我却坚持到底。可是这对每个人都有很大好处！最后几秒钟，每个人都疯狂似的极力挣扎。后来怎么样，我记不清了，不过只记得我们四个人在一条小船上，大浪把我们涌上高处的时候，我向四周一看，只看到那条船和人浮在海面上。

安娜 （用压低了的声音）那么所有其他的人都淹死了吗？

伯克 是的，他们都淹死了。

安娜 （震颤了一下）这是多么可怕的一个结局！

伯克　这对于住在陆地上的人来说可能是一个可怕的结局；可是对于像我们这样在海上漂泊的人来说，倒是一个好的结局，我告诉你吧——干净利落。

安娜　（被他的话激动了）是的，干净。正是这两个字说出了我的感觉——全部的意思。

伯克　你的意思是说海吗？（感兴趣地）我正在想，你的血液里也有海的气息。你的那个老头子不只是一条货船的人——对不起——看他的模样，他的一生绝不只是这样。

安娜　是的，他多年来都是船上的水手长。他说，他记得，我们家父族和母族两方面所有的男人都去海上干活。所有的女人也都嫁给了水手。

伯克　（感到非常满意）她们是这样吗？她们有志气。只有在海上才能找到真正的有胆量的男子汉，他们才配跟漂亮的、性格高尚的姑娘结婚，（接着大胆地加了一句）就像你这样的姑娘。

安娜　（大笑）你又在拿我开心了。（接着，看到受委屈的神态——连忙）可是你说要把你的事情讲给我听的。当然，我看得出来，你是爱尔兰人。

伯克　是的，谢天谢地，虽然我有十五年左右没有看到过爱尔兰了。

安娜　（沉思地）水手很少回家，是不是？我的父亲就是这样说的。

伯克　他说的是真话。（突然忧郁地）海上的生活是艰苦而寂寞的。你在世界各个港口所遇到的女人而且又愿意跟你聊天的，她们对你说的，都不是女人所说的话。你知道我说的是哪一类人，她们又穷又坏，上帝饶恕她们吧。她们一直只指望着偷你的钱。

安娜 （转过脸去——站立起来——激动地）我想——我最好还是进舱去看看情况怎样了。

伯克 （唯恐触犯了她——恳求地）我说，不要走！是不是谈到她们，有什么地方触犯了你呢？别把它放在心上！跟你这样的一个姑娘谈正经的事，我就不知道怎样说才好。我为什么不这样做呢？自从我离开家里到海上干铲煤的工作那天起，我还是第一次跟一个真正体面的女人谈话啦！所以现在别离开我，我们现在是朋友了。

安娜 （再转过脸来对着他——勉强笑了一笑）说实在的，我并不怪你。

伯克 （感激地）上帝保佑你！

安娜 （突然转换话题）可是如果你真的认为海上的生活是这样糟糕的话，那么为什么不离开呢？

伯克 （吃惊地）到陆地上去干活，是吗？（她点点头。他轻视地吐口唾沫）从早到晚，在粪堆里挖马铃薯，是不是？（强烈地）小姐，我不是这种人。

安娜 （大笑了一声）我想你会这样说的。

伯克 （争辩地）在海上，跟陆地上一样，有好的工作，也有坏的工作。我常常想，如果能在一条体面的轮船上当司炉，那就能有一座小房子，每四个星期中有一个星期在家里。我又常常想，我可能运气好能找到一个漂亮端庄的姑娘——就像你一样——愿意跟我结婚。

安娜 （笑着转身走开——不安地）嗯，当然，为什么不呢？

伯克 （缓慢地移动身子靠近她——兴高采烈地）那么，你认为像你这样的一个姑娘，也许完全不计较我的过去，只要亲自看到我本身的好处就行了吗？

安娜 （仍用相同的声调）嗯，当然。

伯克 （热情地）我发誓，她决不会为此后悔的！那么，我不再喝酒了，再不四处浪荡了；发工钱的那天，把钱全交给她；我到港口的那个星期，每晚和她待在家里，就像羔羊一样地驯服。

安娜 （不禁受到感动，但又为这半含蓄的求婚所烦恼——勉强地大笑了一声）那么你得尽力去找一个这样的姑娘。

伯克 我已经找到了！

安娜 （半吃惊地——想一笑了之）已经找到了？什么时候？我想你是说——

伯克 （大胆地，有力地）今天晚上。（低下头来——恭顺地）要是她愿意要我就好了。（于是抬眼望着她的眼睛——坦率地）我说的就是你。

安娜 （为他的眼光吸引住一会儿——然后向后退缩，发出奇异、断续的笑声）喂——你是不是——发疯啦？你想嘲弄我吗？向我——求婚！——天呀！——我们才刚刚认识啊！（克里斯从船舱走了出来，站立着，眨着眼睛向船尾张望。当他看清楚安娜跟这个陌生的水手如此亲近，脸上立刻现出了怒容。）

伯克 （跟在她后面——强烈地、坚持地恳求着）我告诉你，这是上帝的旨意，把我从暴风雨里和雾里平平安安带到世界上这个唯一的地方来，而你正是在这里！想想看，这不是很奇怪——

克里斯 安娜！（他向他们走去，怒气冲冲，握紧了拳头）安娜，进舱里去，听见了没有！

安娜 （在这种威吓的口气下，她的一切感情立即变成憎恨）你想你是在对谁讲话——奴才吗？

克里斯 （被刺痛——声音变了——恳求地）安娜，你需要休息，你得睡觉。（她站着不动，克里斯愤怒地转向伯克）你这个水手，你在这儿干什么？你没有病，根本不像其他那几个人。你到船头舱里去，他们会给你睡铺。（威胁地）快去。我告诉你。

安娜 （冲动地）可是他病了。看看他吧。看看他吧。他连站也站不住。

伯克 （直立起来，挺起胸膛——大胆地笑）你是在对我下命令吗，我的恶霸？那么，留神一点！我虽然没有力气，可是只要一只手，就可把你折成两段，扔到海里去——再照样让你手下的水手跟你去。（突然停止）我忘了。你是她的父亲，我怎么也不会把拳头打在你的身上。（他的膝盖往下垂，浑身摇晃，似乎就要倒下去。安娜吃惊地喊了一声，急忙跑到他的身边。）

安娜 （把他的一只胳臂抬起放在她的肩上）到船舱里去。如果没有床铺，你可以睡在我的床上。

伯克 （兴高采烈——他们向船舱走去）上帝有福，你把我的胳臂放在你的脖子上！安娜！安娜！这样一个甜蜜的名字，正好配得上你。

安娜 （小心翼翼地扶着他走）嘘！嘘！

伯克 为什么？不，我要说。我要像雾角那样，向海大声吼叫！你是世界上数第一的姑娘，我们快要结婚，谁知道了我也不在乎！

安娜 （她扶着他走过舱门的时候）嘘！别再说这样的话了，你睡觉去。(两人走进了船舱。克里斯听到伯克最后的几句话,惊愕得张着嘴,盯着他们的背影,无助地站在那儿。)

克里斯 (突然转过身来,握着拳头向海挥动——极其痛恨地)你这个可恶的老魔鬼,这是你玩弄的鬼把戏!(接着,疯狂地大怒)可是上帝呀!你不要这样做吧!当我还活着的时候不要这样做吧!不,上帝呀,不要这样做吧!

〔幕落〕

第 三 幕

景:"西米恩·温思罗普号"货船的船舱内部(船停泊在波士顿码头)——一间狭窄的、低矮的船舱,墙壁是淡褐色的,上面有一道白色花边。左壁的后部,有门通向睡卧处。远处左墙落里,有一座大壁橱,漆成白色,橱门上一面镜子挂在钉子上。在后墙上,有两扇正方形的小窗;另有一门,外面即是甲板,通向船尾。在右墙上,又有两扇窗户,窗外是左舷甲板。窗上挂着白窗帘,干净浆挺。船舱中央有一张桌子,桌旁有两把藤椅;另外一把已经损坏了的褐色摇椅也在桌旁。

这是大约一星期之后一个阳光灿烂的下午。从港口和各处码头传来的轮船的汽笛声,以及近处船只卸货时所用的辅助机车发出的喷气声,由于门窗的关闭,声音变得低沉。

〔幕启时,克里斯和安娜在船舱里。安娜坐在桌旁的摇椅中,手中拿着报纸,但她并不在看报,眼睛直凝视着前方出神。她显示出情绪不好,烦恼,蹙着眉头凝神思索。

克里斯在舱里走来走去,向她脸上迅速地、不安地看了一眼,接着,停步站在窗前,心不在焉地向窗外望去。他的态度暴露出一种势不可挡的忧郁焦虑,使他如坐针毡。他佯装整理舱里的物件,但是只是把物件拿了起来,呆呆地看了一下,接着又无目的地把它放下。他清了一清自己的嗓子,开始用低沉、悲哀的声音唱起来:

"我的约塞芬,上船来吧。

我久久地等待着你啊!"

安娜 (转身向着他,挖苦地)旁人感到好,我也高兴。(疲倦地)哎呀,我真希望我们离开这个肮脏的地方,回到纽约去。

克里斯 (叹了一口气)我们再出海航行,我也高兴。(接着,看到她没有反应,他极力想办法挖苦她一下)可是我不明白,你为什么不喜欢波士顿。我想你在这儿过得也挺快乐。自从我们来到这儿,不管是白天还是夜里,你总是上岸去玩,去看电影,看表演,享受各种好玩的事情——(眼内充满着怨恨)时时刻刻都是跟那个该死的爱尔兰佬混在一起!

安娜 (疲倦地嘲弄)哦,天啊,为了这件事你又要发作吗?他跟我在一起,又有什么害处呢?难道你要我整天整夜地坐在这间船舱里跟你在一起——织东西?难道我就没有权利去享受我能够得到的快乐吗?

克里斯 那不是正当的快乐——跟那个家伙在一起,不是正当的快乐。

安娜 每天晚上十一点钟我就回船来了,是不是?(接着,被某种想法所激动——疑虑地望着他——怒上心头)喂,你说,你刚才所说的话是什么意思?

克里斯　（迅速地）安娜,没有什么,只不过是我说的几句话罢了。

安娜　你说"不正当",真可笑。喂,你听我说,你的意思是不是指我们之间发生了什么坏事,是吗?

克里斯　（神色恐怖地）安娜,不是的! 不是的,我可以对上帝起誓,我从来没有这样想过。

安娜　（被他非常明显的诚恳态度软化下来——又坐下来）如果你想要我再跟你说话,那么你就永远不要那样想了。（又生气）要是我发现你有那种想法,我就立即离开他妈的这条货船,你连影子也见不到。

克里斯　（安慰地）我从来就没有想过——（接着,停了一下,指摘地）你学会骂街了。这对年轻的姑娘是不好的,你想想看吧?

安娜　（面露微笑）对不起。我知道你听不惯这种话。（嘲弄地）这是你把我带到海上来才学会了的事情。

克里斯　（愤慨地）不,不是我。是那个该死的水手家伙教你学坏事情。

安娜　他不是一个水手。他是一个司炉。

克里斯　（强有力地）我告诉你,那就更要坏上千百倍! 在下面铲煤的那些家伙,是世界上一伙最脏、最糙的坏蛋!

安娜　你这样说马特,我不要听。

克里斯　哦,当着他的面我也这样说。你不要以为他比我强,我就怕他。（威胁地）对付他们这帮家伙不一定要用拳头。还有别的办法收拾他们。

安娜　（突然惊讶地看了他一眼）你这是什么意思?

克里斯 （沉闷地）没有什么。

安娜 你最好还是没有什么好。如果我是你，我就不跟他找麻烦。也许有一天他会忘记你老了，而且是我的父亲——到那个时候，你可倒霉了。

克里斯 （流露出难以抑制的怨恨）好吧，让他来吧！也许我是老了，可是我还可以跟他来两手。

安娜 （突然改变了口气——劝说地）哦，得啦，好好的。什么事使你这样难受。难道除了你别人就不能对我好吗？

克里斯 （和解地——走近她——恳切地）不，安娜，我要别人对你好——不过不是在海上干活的家伙。我喜欢你跟一个在陆地上有稳定工作的人结婚。你可以在乡下有间小屋子，完全是你自己的——

安娜 （站立起来——粗暴地）哦，别这样说了！（轻视地）乡下的小屋子！我希望你能看到你送我去的那间乡下的小屋子，就像牢房似的，我一直住到十六岁！（越说越气愤）总有一天，你对我讲这些话逼得我发了疯，我会转过头来对你发泄，告诉你——许许多多的事情，让你开开眼界。

克里斯 （惊讶地）我不想——

安娜 我知道你不想；可是你还在讲这些话。

克里斯 那么，安娜，我不再说就是了。

安娜 那么答应我，今后你有机会的时候，你不再说马特·伯克的坏话了。

克里斯 （含糊其词并表示疑虑）为什么？安娜，你喜欢那个家伙——非常喜欢，是不是？

安娜 是的，我确实喜欢他！不管他有什么缺点，他是一个可亲的人。他的一个指头，就比得上那边——内地——我所遇到的一切男子汉。

克里斯　（脸色变得阴沉）那么说，也许你是爱上他了吧？

安娜　（挑战地）如果我爱上了他，又怎么样呢？

克里斯　（怒容满面，逼出话来）也许——你想你——嫁给他吗？

安娜　（摇头）不！（克里斯的怒容消失。安娜继续缓慢地说着，声音中带着忧伤）我对你直说了吧，如果我在四年前——甚至在两年前——遇见了他，我决不会放过这种机会。就是现在我也不会——只是他是这样单纯的一个人——像个大孩子——我不忍心去愚弄他。（突然脱口而出）可是再也不要说他配不上我。是我配不上他。

克里斯　（轻视地发出哼声）天呀，我想你是疯了！

安娜　（苦笑）喂，近几天来，我对我自己是这样想的。（她走到门旁的挂钩上取下一条围巾，围在肩上）我想到码头那边去散一会儿步，看看在干什么活儿。我喜欢看来往的船只。我想，马特快要来了。告诉他我在什么地方，好吗？

克里斯　（沮丧地）好吧，我告诉他。

（安娜从后部的门走出。克里斯跟着她走了出来，在门外的甲板上站了一会儿，望着她。接着，他回到舱里，关上了门，站在窗前向外张望——喃喃自语——"卑鄙的老魔鬼，你"。然后，他走到桌旁，机械地把桌布弄平，拾起安娜掉在地板上的报纸，于是坐在摇椅里。他出神地看了一会儿报纸，然后把报纸放在桌子上，双手托着头，忧郁地叹了口气。门外甲板上传来了男人沉重的脚步声，有人砰砰地敲门。克里斯吃了一惊，动了一动身子，似乎要站立起去开门，然后变了主意,仍然坐了下来。叩门声又起 —— 没有回声,于是门推开了,马特·伯克出现在门口。克里斯对闯入者怒目而视,本能地伸手去摸自己后腰上挂着的那把短刀。伯克衣着整齐 —— 穿了一套价钱便宜的蓝色西装,里面是有条纹的布衬衣、黑领带,脚上一双黑皮鞋,擦得光洁发亮。面带笑容,情绪很好。)

伯克 (看到克里斯 —— 开玩笑的愉快口吻)喂,谁在这儿,上帝保佑他!(他弯腰,庞大的身躯从狭窄的门口挤了进来)安娜的爸爸,今天下午你好吗?

克里斯 (愠怒地)很好 —— 要不是为了某些家伙的话。

伯克 (露齿而笑)你指的是我,是吗?(大笑)喂,要是你不是一个古怪的老头子该多好!(接着,严肃地)她在哪儿?(克里斯坐着不说话,满脸怒容,眼睛移向别处。伯克由于他的缄默不语而感到恼火)我问你,安娜在哪儿?

克里斯 (犹豫了一阵 —— 满腔怨气)她到码头那边去了。

伯克 那么我到她那儿去。不过我想先趁这个只有我们两人在这儿的机会,跟你说句话。(他坐在桌旁克里斯对面,欠身向着克里斯)这句话就说了吧。今天我就要跟你的安娜结婚了,你喜欢不喜欢,还是你自己决定吧。

克里斯 (愤恨地望着他,勉强轻视地笑了一声)哈哈! 说得倒容易!

伯克 你是说我不会这样做吗?(轻视地)是不是你要阻止我,你是这样想的吗?

克里斯 是的,要是事情糟得不可收拾了,我就要阻止了。

伯克 (轻视而又怜悯地)上帝帮你的忙!

克里斯 可是不需要我这样做。安娜 ——

伯克　　（自信地微笑）你是说安娜会制止我吗？

克里斯　　是的。

伯克　　我要告诉你，她不会。她知道我爱她，她也爱我，我知道这种情况。

克里斯　　哈哈！她只是闹着玩的。她跟你开了个玩笑，事情就是这么回事！

伯克　　（毫不动摇——愉快地）这是你撒的大谎，鬼都不会相信！

克里斯　　不，这不是撒谎。她刚才出去以前告诉我的，她决不会嫁给像你这样的家伙。

伯克　　我才不信呢。你是个年老的大骗子，也是一个一有机会就捣蛋的魔鬼。不过我不是来找麻烦的，而且我就坐在这儿。（诚挚地）我们现在要像男子汉对男子汉那样，把事情谈透。你是她的父亲，我又要和安娜结婚，要是我们像狗打架似的闹了起来，难道不丢人吗？所以，你就实话实说了吧，痛痛快快的。你究竟为了什么要反对我？

克里斯　　（情不自禁地有些被伯克鲜明的诚恳态度所软化——但是仍然困惑疑虑）喂——我不愿意安娜结婚。你听我说，我老了，我有十五年没有看到安娜了。她是我在这个世界上唯一的亲人。现在她第一次出门来看我——你想，我会让她离开我，扔下我孤单单的一个人吗？

伯克　　（衷心地）你这样的感觉，请不要以为我完全没有同情心。

克里斯　　（惊讶并且受到鼓舞——想说服他答应自己的恳求）那么你做你该做的事，好吗？再乘船到别处去，把安娜留下来。（哄骗地）像你这样在海上干活的大人物，是不需要有老婆的。每到一个港口，都可以有新的姑娘，你是知道这种情况的。

伯克　（发怒一会儿）上帝不容你！（然后控制了自己——冷静地）你说得没错。可是你应该知道，每一个人，不论是海上的还是陆地上的，只要不是天生的傻瓜，总有那么一天，他会厌恶那群讨厌的女人，等到遇见一个漂亮端庄的姑娘，他就会倾心爱她，有自己的家，并在那里生儿育女。你要我离开安娜，那是没有用的。她是世界上可我心的唯一的女人，我想，现在我要是没有她，是不能生活下去的。

克里斯　我敢跟你打赌，你只要离开港口一个星期，就会把她忘得一干二净。

伯克　你不了解我是什么样的人。死了我也不能忘记她。所以请你不要跟我谈离开她的话。我不会离开她的，你也千万别这样想了！要是你明白了这点，对你是有好处的。她可以住在国内这里，在这里跟我结婚。你也可以时常来看她——比她在西部长大的十五年中你看到她的次数还多。在那样长的年月中你从来没有看她一眼，现在你倒害怕她离开你，这不是怪事吗？

克里斯　（内疚地）我想安娜最好还是住在远远的地方，在内地成长，她可以永远不知道海那个老魔鬼。

伯克　（轻视地）上帝帮你的忙，你又在抱怨你的一切烦恼都是海造成的吗？喂，安娜现在已经知道了。她的血液里就有海的气息。

克里斯　我不要她知道，海上没有一个好人——

伯克　现在她已经知道一个人了。

克里斯　（以拳击桌——狂怒地）这就是了！你就是这样的人——一个坏水手家伙！你想我会让她的生命被你糟蹋，

就像她的母亲被我糟蹋一样么？不，我发誓！她绝不能嫁给你，就是先要宰了你也可以！

伯克 （惊讶地看了他一会儿——接着，轰然大笑）哈哈！天呀，像你这样一个又矮又胖像猪一样的人竟能说出这样勇敢的话来！

克里斯 （威胁地）喂——你瞧着吧！

伯克 （龇牙咧嘴地蔑视）当然，我要瞧瞧！我告诉你吧，我要瞧瞧，今天我就要跟安娜结婚。（接着，带着轻视的恼怒）你说海做了这样的坏事，又说海做了那样的坏事，这简直是胡说八道。你说出这样的话，应该感到可耻，你自己还是一个老水手呢。我亲耳听你说的那一大套，安娜又对我说你跟她谈的那一大套，我想你是一个废包，完全不是一个男子汉！

克里斯 （阴沉地）你瞧着吧，看我是不是一个男子汉——也许比你想的更有种。

伯克 （轻视地）是么，别吹牛。我想你是被海吓昏了头脑。安娜告诉我，你要她嫁给一个农民。当然，这倒是蛮好的一对呀！难道你要像安娜这样漂亮姑娘每天晚上跟满身散发着猪臭、粪臭的肮脏家伙睡在一道吗？难道你要她终生跟那些在城市里工作的骨瘦如柴、身体枯萎的家伙结为夫妻吗？

克里斯 这是胡扯，你这个笨蛋！

伯克 不是的。我说的完全是你的疯狂的想法。可是你心里是明白事情的真相，因为怕海，所以使你漫天撒谎，成了一个胆小鬼。（以拳击桌）真正有勇气的男子汉，海才是他唯一的生活，他也有足够的胆量！只有在海上，他才感到自由，到世界各地去遨游，见识各种各样的事物，不必积蓄钱财，或者从友人那儿偷钱，陆地上那些家伙消磨终身的一切鬼把戏他都不会有的。这些事情你自己也曾知道，你做过多年的水手长。

克里斯　（气得唾沫飞溅）我告诉你，你这个疯狂的笨蛋！

伯克　你已经脱离了海上生活。海曾给你猛的一击，把你打倒，你却不是一个真正的男子汉，站起来再和它拼搏，而是躺了下来，后半生只是号叫海是杀人的家伙。（得意地）我自己不是差一点儿淹死在海里吗？浪头打过来，我在海面上漂流，几乎快进海神殿，听到了殿上的火焰滚滚，可是我一直没有呻吟过一声，直到海敌不过我，看到我是一个有力气、有胆量的男子汉。

克里斯　（轻视地）是的，听你的话，你是一个狠家伙！

伯克　（愤怒地）你说我是一个说谎的人不止一次了，你这个老家伙！我沉船的经过和我的照片，一星期以前不是登在波士顿的报纸上了吗？（轻视地上下打量克里斯）当然，我喜欢看到你年富力强时的所作所为，和我在这次暴风雨中和事后的所作所为一样。那是疯狂的行动，你在这会儿想想，也会害怕地惊叫起来！

克里斯　哈哈！你是个年轻的傻瓜！当年，我还在帆船上的时候，我曾经历过百来次暴风雨，比你的这次厉害多了！那时的船真是船——船上的人也是真正的男子汉。现在你们的船上有些什么呢？你们甲板上的人，连大船和挖泥船也辨别不清。（意味深长地看了伯克一眼）你们在甲板下的人只知道铲煤——也许和在岸上煤车上工作没有两样呢！

伯克　（被刺痛——发怒地）你侮辱了生火间的司炉，你这个老鬼，是不是？上帝会惩罚你！他们中的一个人比得上十个像你们这些只知道吹牛、涮鳕鱼干的北欧人！

克里斯 （脸上显出怒容）你，你这个爱尔兰猪！

伯克 （辱骂地）你这只老猴子，难道你不喜欢爱尔兰人吗？我告诉你，你们家里需要的就是这个——爱尔兰人和生火间的司炉——增加你们的胆量，你们的子孙才不会像你这样胆小，这样蠢！

克里斯 （从椅上欠身欲起——气得声音发闷）你当心！

伯克 （注视着他——嘴唇上带着嘲弄的微笑）不管你怎样阻挡，事情已经决定了；因为安娜和我今天就要结婚，我的主意一拿定，像你这样的老傻瓜是拦不住的。

克里斯 （嘶哑地叫了一声）你不能这样！（他手中握着短刀，把座椅向后打翻，向伯克扑了过去。伯克及时一跃而起，准备迎战。斗殴正是他喜欢的事情，他哈哈大笑起来。这个瑞典的老头子，在他看来，就像一个孩子。他没有做任何还击或是耍弄克里斯的动作，只是把克里斯的右手反绞在背后，使劲把他的刀夺下，扔到远处的屋角下——奚落他。）

伯克 老头子变成孩子似的，就不该玩弄刀枪。（一手抓住挣扎着的克里斯，突然怒气上涌，把拳头抽回）我恨不得揍你一顿，你才会明白过来。别碰我，我警告你！（他一掌把克里斯推开，瑞典老头子跟跟跄跄地退到了船舱的墙边，站在那儿，喘着粗气，眼睛含恨盯着伯克，仿佛在积蓄力量，再向他扑去。）

伯克 （警告地）我说，别再来，要么，我就一拳把你打倒，你是安娜的父亲我也不管了！我对你再也忍耐不下去了。（接着，逗乐地笑着）喂，可是你还是一个勇敢的老头子，我从来没有

067

想到你一个人会单独地来跟我找麻烦。(窗口一个人影闪过。两人同时吃了一惊。安娜在门口出现。)

安娜 (看到伯克,惊喜地)喂,马特。你早来了吗? 我是在——(突然住口,朝他们两人望了一望,立即感到发生了什么事情)怎么啦?(接着,看到倒翻了的椅子——惊恐地)那椅子怎么倒在地上啦? (转身问伯克,责备地)马特,你没有跟他打架吧?——你已经答应过我。

伯克 (恢复原来的神态)安娜,我没有打他。(他走过去扶起椅子,然后转向仍然怀着疑虑的安娜——使人放心地微笑)你不要担心,我们只不过争论了几句,你就来了。

安娜 一定是激烈的争论,都摔起椅子来了。(转向克里斯)你为什么不说话? 究竟是怎么一回事?

克里斯 (终于松弛下来——避开她的眼光——胆怯地)我们在谈论船和在海上干活的人。

安娜 (松了一口气,微笑地)哦——还是老一套,是吗?

伯克 (突然似乎下了勇敢的决心——向克里斯轻视地龇牙咧嘴)他没有把全部事情告诉你。我们多半的争吵是为了你。

安娜 (皱了一皱眉)为了我?

伯克 如果你愿意的话,我们就在这儿,当着你的面,把事情弄清楚。(他在桌子的左边坐下。)

安娜 (捉摸不定——望了一望伯克和她的父亲)当然。告诉我,究竟是怎么一回事。

克里斯 (朝向桌子走去——向伯克提出抗议)不! 你,你不能这样做! 安娜,你告诉他,你不想听他的话。

安娜 可是我要。我要把这件事情弄清楚。

克里斯 （极其担心地）喂，不论怎样，现在不要。你不是要到岸上去吗？时间来不及了——

安娜 （坚决地）是的，就在这儿，现在就说清楚。（转身向着伯克）马特，既然他不想说，你就告诉我吧。

伯克 （深深地吸了一口气——鼓起勇气说话）整个的事情只要几句话就说清楚了。他没有错，他一见到我就火冒三丈，我当面告诉他我爱你。（热情地）安娜，这是千真万确的，你也知道得很清楚。

克里斯 （轻视地——勉强大笑了一声）哈哈！他每到一个港口，都对姑娘说这一套！

安娜 （厌恶地从她父亲身边退缩——怨恨地）住嘴行不行？（然后问伯克——富有感情地）马特，我知道你的话是真的。我才不听他的那一套呢。

伯克 （谦虚地感激）上帝保佑你！

安娜 后来怎样呢？

伯克 后来——（犹豫了一会儿）后来我说——（恳切地望着她）我说我有把握——我告诉他，我认为你也有点爱我。（热情地）安娜，你说是的！为了对上帝的爱，请你不要把我完全毁了！（他双手紧握着她的双手。）

安娜 （深深地感动，又感到不安——勉强颤抖地大笑了一声）马特，你对他这样说了吗？难怪他要发疯了。（费劲地说出这些话）嗯，马特，也许这是真的。也许我确实是这样。我想了又想——马特，我不想这样做，我会坦白地承认的——我想不说出来——可是——（无可奈何地大笑）我想我不能不这样。马特，我想我是这样。（接着，突然高兴地挑战）是的，我是这样。欺

069

骗自己又有什么用呢？马特，是的，我爱你！

克里斯 （痛苦地叫了一声）安娜！（他瘫软地坐了下去。）

伯克 （谦虚的感激中还带着深切的真诚）赞美上帝！

安娜 （肯定地）我的一生中从来没有爱过一个人，这一点你可以永远相信我——不管发生了什么事情。

伯克 （走到她身旁，用手臂搂着她）当然，你所说的话和要说的话，每一句我都相信。你和我在一起将会过着安乐美好的生活，直到我们生命的结束！（他想去吻她，最初，她转过头去——接着，热烈的爱情激动着她，她双手抱住他的头，将他的脸拉近她的脸，盯着他的眼睛，于是在他的嘴唇上接了一个长吻。）

安娜 （把他推开——勉强断断续续地笑着）再见。（她走到后面的门口——站着，背朝着他们，向外面张望。她的肩膀颤动了一两下，仿佛是忍住哭泣声似的。）

伯克 （好像就在极乐的七重天，没有领会到安娜的话的真正意思——大笑）再见，是吗？你说的是什么话呀！我马上就要回来，再来一次！（克里斯立刻注意到他女儿所说的再见，眼睛里充满着愚蠢的希望，看着他的女儿。伯克转身问他）喂，我的老鬼，现在有什么话好说呢？你听到她嘴里说出来的话了。认输了吧。男子汉输了，就光明正大地认输。来跟我握握手——（伸出手）请拿住我的手，我们握握，过去的事都忘了吧，从今以后，我们是朋友。

克里斯 （怀着难以平息的仇恨）我不跟你这种人握手——只要我还活着，我就不跟你握手！

伯克 （生气）如果这样对你更为合适，那么我把手背对着你。（咆哮着说）你输也输不起，无能的家伙！

克里斯 我没有输。(作轻视和自信的样子)安娜说她有点喜欢你,但她没有说她要嫁给你,我敢打赌。(安娜听到提到她的名字,即刻转过身来向着他们,脸上显得镇定自若和宁静,不过是绝望的死气沉沉的宁静。)

伯克 (轻视地)不,我也没有听见她说太阳在发光。

克里斯 (固执地)那没有关系。她没有说,也是一样。

安娜 (安静地——向他们走来)马特,不,我是没有说。

克里斯 (急切地)瞧!听到了没有!

伯克 (误解了她的意思——咧了一咧嘴)你的意思是说,你正在等着我向你求婚吗?好吧,我现在就向你求婚。上帝做证,今天我们就结婚吧!

安娜 (温和地)马特,你听见了我所说的话——在我跟你接吻之后所说的话吗?

伯克 (安娜的神态使他惊讶)没有——我记不得了。

安娜 我说再见。(声音颤抖)马特,那个吻是再见的一吻。

伯克 (惊吓)你是什么意思?

安娜 马特,我不能嫁给你——我们已经说过再见了。就是这些。

克里斯 (禁不住他的兴高采烈的情绪)我知道嘛!我知道会这样的!

伯克 (一跃而起——不能相信自己的耳朵)安娜!你是不是跟我开玩笑呢?这个时候跟我开玩笑太不适当了,为了对上帝的爱,别这样做吧。

安娜 (盯着他的眼睛看——坚定地)难道你以为我会跟你闹着玩吗?马特,不,我不是开玩笑。我所说的话是算数的。

伯克　你不会这样！你不能这样！我告诉你，你疯了！

安娜　（坚定地）不，我没有。

伯克　（绝望地）可是你怎么会突然变了呢？你刚才说你爱我——

安娜　如果你需要的话，我可以时常对你这样说。这是真的。

伯克　（困惑地）那么为什么——什么，真他妈的见鬼——哦，上帝帮我的忙，我简直弄不清楚这究竟是怎么一回事！

安娜　马特，因为我认为这是最好的办法了。（声音动人）在这一个星期中，我日日夜夜反反复复地思量这件事。马特，请不要以为这样做我就好受了。

伯克　那么，为了对上帝的爱，告诉我，既然我们俩是彼此相爱，究竟有什么可以阻拦你跟我结婚呢？（突然想起一个念头，用手指着克里斯——愤怒地）是不是听了那个老傻瓜的话呢？他恨我，他对你说了许许多多破坏我的谎话是吗？

克里斯　（站了起来——在安娜还未来得及开口说话的时候，就得意扬扬地大发脾气）是的，安娜相信的是我，不是你啊！她知道她的父亲不像你那样，满口撒谎。

安娜　（愤怒地转向她的父亲）你坐下，听见了没有？为什么要来插嘴，把事情闹得更糟呢？你呀，你真像个魔鬼啊！（声音刺耳地）啊，上帝！我刚刚开始喜欢你，开始把怀恨你的情绪忘掉啊！

克里斯　（被压制得软化下来）安娜，你没有什么可怀恨我的地方。

安娜　我没有！好吧，让我告诉你——（向伯克看了一眼，突然改变了话题）喂，马特，我真感到意外。你不要以为他说过些什么话——

伯克　（忧郁地）当然，还会是别的什么呢？

安娜　以为我会听他那些疯狂的话吗？哎呀，你把我看成五岁的孩子了。

伯克　（迷惑不解，也开始对安娜生气）我不知道怎样理解你才好，一会儿这样说，一会儿又那样说。

安娜　喂，这件事情与他无关。

伯克　那么究竟是怎么一回事呢？告诉我吧，别让我再等了，我非常担忧。

安娜　（坚决地）我不能告诉你——我也不愿告诉你。我有我的充分的理由——你需要知道的就是这些。我不能嫁给你，这就够了。（心烦意乱地）所以，为了上帝的缘故，让我们谈些别的事情吧。

伯克　不！（接着，恐惧地）是不是你跟别的什么人结过婚——也许是西部的什么人？

安娜　（热烈地）坦率地说，没有。

伯克　（重新恢复勇气）那么，让所有其他的理由见鬼去吧，与我毫无关系。（他自信地站了起来，用专横的口吻说话）我想你就跟那些没有主意的女人一样，一定要人指点。那么，好吧，我很快就可以替你拿出主意来。（他挽住她的手臂，为了使他的极为粗野的行为变得温和一些，他露齿而笑）我们的话说够了！现在请你到你的房间去，穿上你最漂亮的衣服，我们上岸去。

克里斯　（被激怒地）哦，不，她不这样做！（他握住她的手臂。）

安娜　（惊奇地听着伯克说话，本能地对他的口气表示反感，把身子缩了回来，但拿不准他是否是当真的——声音中带有不满情绪）喂，你这一套是哪里学来的？

伯克　（蛮横地）别管！喂，请你去换衣服。（接着，转身向着克里斯）我们看一看究竟谁最后得到胜利——我还是你。

克里斯 （对安娜说——仍旧是命令式的口气）安娜，你待在这儿，听到了没有！（安娜站在那儿，朝他两人看了一看，仿佛认为他们两人都发了疯。接着，她脸上的表情凝结成她经验中得来的冷酷的嘲笑。）

伯克 （粗暴地）她不会！她会按照我的话去做！你管教她已经够长久的了。现在该轮到我了。

安娜 （冷酷地大笑）轮到你了？喂，我究竟是什么人？

伯克 不问你是什么人，只问你今天要做什么——那就是黑夜来到以前，你跟我结婚。现在快去换你的衣服。

克里斯 （命令地）安娜，你不可以按照他的话做一件事。（安娜讥讽地大笑。）

伯克 瞧，她会做的！

克里斯 我告诉你，她不会！我是她的父亲。

伯克 不管你是谁，她会做的。从现在起，她接受我的命令，而不是你的命令。

安娜 （又大笑起来）命令都是好的！

伯克 （转身向她，忍不住了）快点，动动你的腿。我们没有时间等了。（她站着不动，使他恼火）你听到我的话了没有？

克里斯 安娜，你待在这儿！

安娜 （再也忍受不了——激烈地向他们爆发）你们两个人都见鬼去吧！（她的口气使他们忘记了争吵，大为吃惊地望着她。安娜放肆地大笑）你们——你们两个人——都跟他们那些人一样！天呀，你们以为我是一件家具！我会把事情说清楚！现在坐下！（当他们犹豫不定——愤怒地）坐下，让我说几句吧，你们都错了,懂吗?听我说!我要告诉你们一件事——接着,我就要走了。(对伯克——刺耳地大笑)我要告诉你们一个可笑的故事,所以请注意听。(指着克里斯)他每次要我安安稳稳地待在内地的时候,我就想把事情讲清楚。我本来不打算告诉你,可是你逼着我这样做。这又有什么不同呢?反正全都错了,也许这样一来,你倒可以跟任何人一样断绝了这个念头。(冷酷地嘲弄)可是你不要忘了你刚才所说的话,就是只要我没有跟别的人结过婚,其他的理由你都不在乎。

伯克 (果断地)我是说过这话,我还是这么说!

安娜 (苦笑)你太冒失了!说实在的,你让我觉得好笑。你会这样吗?等着瞧吧!(她站在桌后,望望他们两人,脸上带着冷嘲热讽的微笑。接着,她开始说话,极力控制自己的情感,平静地说)首先,我要告诉你们两个人一件事。你们这样争吵,好像我必须属于你们中的一个人。可是除了我自己,我不属于任何人,懂吗?我喜欢怎么做就怎么做,没有任何人能够对我发号施令,不管他是什么人。我没有要求过你们中任何一个人来养活我。我自己能够生活——总有方法可以过活。我是我自己的主人。所以你们别痴心妄想!别再提你们和你们的命令了!

伯克 (不服地)我完全没有这个意思,你知道得很清楚。你没有理由提出这一点来跟我争吵。(指着克里斯)你有权利对他——

安娜 我就要对他说话了。可是你——你也确实有这种意思。你说的话——跟其他别的人一样。(歇斯底里地)可是,他妈的,住口!让我谈些别的吧!

伯克 奇怪，这样粗野的话——竟是像你这样体面的姑娘说出来的。

安娜 （冷酷地笑笑）体面？谁告诉你我是体面的姑娘？（克里斯坐在那儿，弯着背，双手托着头。安娜怒气冲冲，弯下身子向着他，猛烈地摇着他的肩部）老头子，别睡着了！听着，我现在要对你说话了！

克里斯 （伸直身子，四下张望，仿佛要寻找一条逃避的道路——声音中带有恐惧的预感）我不要听。安娜，我想，你的头脑不正常。

安娜 （激烈地）喂，什么人跟你住在一起，都会发疯的。你说农庄上是多么好啊！我不是一年又一年地写信告诉你那个地方多么糟糕，表兄妹们把我当成一个什么样下贱的奴隶吗？你关心了什么？什么也没有！甚至也没有来看看我！现在又说那些疯话要我离开海，可当初你却不来跟我生活在一起！你只是不想我跟你找麻烦就是了！你跟所有那些别的人没有两样！

克里斯 （无力地）安娜！不是这样——

安娜 （无视他的插话——抱怨地）不过有一件事情我从来没有写信告诉过你。就是你以为非常好的表兄弟中的一个——最小的儿子——保罗——开始使我变成了坏人。（大声地）那不是我的过错。我恨他超过一切，他也明白。不过他的个头大、身体强健——（指着伯克）——就跟你一样！

伯克 （几乎是一跃而起——握紧拳头）该死！（他又缓慢地坐回椅中，拳头紧握得指节发白，脸上肌肉紧张，显得极力压制他的悲哀和愤怒。）

克里斯 （恐怖而痛苦地大叫了一声）安娜！

安娜 （向着他——似乎没有听到他们的插话）这就是我从农庄逃走的原因。这也使得我在圣保罗这个地方找到了保姆的工作。（冷嘲热讽地笑了一笑）你们认为这对一个姑娘来说是一份好工作，是不是？（挖苦地）我想，所有那些内地的好男人，都想找机会跟我结婚。跟我结婚！多好的机会！他们不是要跟我结婚。（伯克愤怒地呻吟了一声——她不顾一切地）每一件事情我都光明正大、爽爽快快地说了出来。告诉你们，我被关在屋子里——就像关在牢房里一样——看护别人的孩子——整天整夜地听他们闹呀哭呀——我要出去的时候——我感到孤单——孤单得就像在地狱里！（声音中突然显得疲劳）所以我终于屈服了。这又有什么用呢？（停了下来，朝两人看了一看。两人都无动静，保持缄默。克里斯似乎是失望得僵呆了，他的一切希望都幻灭了。伯克气得脸上发青，他完全沉浸在愤怒之中，可是他又太惊讶了，不知如何寻找发泄愤怒的方法。安娜感到他们沉默中对她的谴责，激起了她严厉粗暴的挑战）你们一句话也没有说——你们两个人都没有——可是我知道你们在想些什么。你们跟所有其他别的人都一样！（对克里斯——怒气冲冲地）这应该怪谁，你还是我？如果你的所作所为像一个男子汉——如果你一直都是一个规规矩矩的父亲，把我带在你的身边——也许事情就不会这样了！

克里斯 （痛苦地）安娜，不要这样说了！我要疯了！我不想听！（他把手掩住耳朵。）

安娜 （他的行动更引起她的怒火——刺耳地）你还是要听！（屈下身子，把他的双手从他的耳边扳开——歇斯底里地大怒）你——把我安顿在内地——最近两年来我不是当保姆——信上写

的都是骗你的谎话 —— 我是在一家妓院，就是它！ —— 是的，就是那类的妓院 —— 那类像你和马特到了港口的时候去玩的地方 —— 你所说的那种善良的内地人也去的地方 —— 所有的人，愿上帝惩罚他们！我恨他们！恨他们！（她歇斯底里地哭泣起来，将身子倒在椅子里，双手放在桌子上掩盖着脸。两个男人已经一跃而起。）

克里斯 （像孩子般地呜咽）安娜！安娜！那不是真话！那不是真话！（他站在那儿，搓着双手，开始哭了起来。）

伯克 （整个庞大的身躯紧张得就像弹簧 —— 阴沉地思索着）那么这就是了！

安娜 （听到他的声音，连忙抬起头来 —— 极度嘲弄的痛苦）马特，我想你还记得你的诺言吧？只要我没有跟人结过婚，其他理由对你来说都是不算数的。所以我想你要我换衣服上岸去，是不是？（大笑）是的，我要我这样做！

伯克 （几乎要爆发出来 —— 结结巴巴地说）上帝会惩罚你的！

安娜 （依然坚持她的冷酷而痛苦的口气，可是逐渐变成哀求的语调）我想如果我告诉你，我不是 —— 那样 —— 你就不会再相信我，是不是？肯定，你不会的！如果我告诉你，我到这条货船上来，到了海上，我改变了，感到事情和以前不同了，好像以前的我不是我，不算数，好像以前的事情都没有发生过 —— 你会发笑，是不是？如果我说那天晚上在雾中遇到你那种可笑的情况，后来又看到你对待我那么好，使我第一次考虑，我认为你和其他的男人不同 —— 海上的人与陆地上的人不同，就像水和泥土不同一样 —— 这也是我爱上你的缘故，你一定会哈哈大笑。我想瞒住真情嫁给你，可是我不能这样做。难道你就看不见我是怎么样地改变了吗？我不能嫁给你，在你相信我的谎话的情况下嫁给你——把真话告诉你，我又感到羞耻——直到你们两人逼着我这样做，我也看出来了你们跟其他别的人没有两样。现在你可以痛骂我一顿，然后就走吧，我想你会这样做的。(停住，望着伯克。伯克一声不响，把脸转了过去，他的容貌开始充溢着怒火。安娜热情地辩解)要是我告诉你，因为爱你的缘故使得我——清洁了，你会相信吗？这是事实，我说的是真话！(接着，看他没有回答——痛苦地)你真见鬼！你们跟所有别的人一样！

伯克 （发起怒来——义愤填膺地转身向她——声音激动地颤抖）跟所有别的人一样，是吗？上帝不容你！清洁了，是吗？你这个婊子，你。我要宰了你！(他举起他坐的椅子，在他的肩上晃动，向她跳了过去。克里斯惊呼一声，急忙冲上前去，掩护着她的女儿，免遭袭击。安娜带着失望的无所畏惧，看着伯克的眼睛。伯克抑制着自己，椅子仍然举在空中。)

克里斯 （粗野地）住手，你这个疯了的笨蛋！你想打死她吧！

安娜 （凶暴地把她的父亲推开，眼睛仍然盯着伯克的眼睛）走开，你！（对伯克，阴郁地）喂，你没有胆子打死我吧？来吧！我倒也谢谢你呢，说实在的。我对一切事情都厌恶了。

伯克 （把椅子扔到房间的角落里——无可奈何地）上帝帮我的忙，我下不了手，你的那双眼睛又一直盯着我。(愤怒地)尽管我认为我有权打碎你的脑袋，就跟打碎一个坏蛋一样。难道世界上还有像你这样的女人，满脑子都是坏主意；世界上还有像我这样的男人，受尽了你的愚弄欺骗，而我还在为你打算，在热烈地爱着你，做着我们结婚后过着美满生活的美梦！（他的声音就像痛哭一样悲伤得越说越高）哦，上帝帮我的忙！我完全给毁了，我的心碎了！我要向上帝质问，难道就是为了这种结局，它要我从孩子的时候起，就在这个地球上到处漂流，到头来还要遭受这种可耻的羞辱，我把我的全部的爱献给了一个女人，而这个女人却跟其他在港口的娼妇小屋中可以遇到的一样，穿上红绿衣服、逢人卖笑、得一两块钱就可以跟任何男人睡觉！

安娜　（尖叫了一声）马特，不要说了！为了上帝的缘故！（接着，愤怒得用双手拍桌）滚出去！让我一个人在这里！滚出去！

伯克　（怒火又涌了上来）当然，我是要走的！我还要喝威士忌酒，洗去我嘴唇上你的那种肮脏的亲吻；我要喝得烂醉，以便忘记世界上曾有过你这样一个人；我要坐船离开，到世界的另外一头去，永远不要再见到你的面！（他转身向门走去。）

克里斯　（站在那儿发呆——突然抓住伯克的手臂——迟钝地）不，你不要走。我想也许安娜现在最好跟你结婚。

伯克　（摆脱克里斯——愤怒地）你这只老猴子，让我走！跟她结婚，是吗？我要看到她先下地狱去受折磨！我告诉你，我要坐船离开这儿！（指着安娜——激情地）我要诅咒你，万能的上帝要诅咒你，一切的圣人也要诅咒你的！你今天把我毁了，你会在漫长的黑夜里，躺在床上睡不着，想到马特·伯克和你对他所做的大大的错事，你会受到折磨的！

安娜　（痛苦地）马特！（但是伯克一言不发，转身大步走出舱门。安娜急切地望着他，跑过去跟着他，接着，伸出手臂掩住面孔，呜咽着。克里斯站在那儿发呆，眼睛盯着地板。）

克里斯　（稍停，阴郁地）我想我也上岸去。

安娜 （抬起头来，任性地）不要去追赶他！让他走！难道你敢——

克里斯 （忧郁地）我去喝酒。

安娜 （刺耳地大笑）那么，我也逼得你去喝酒，是吗？我想你要喝酒，要忘掉一切——就像他一样吗？

克里斯 （爆发出满腔的怒气）是的，我要！你想我喜欢听那些话吗？（精神垮了下来——哭泣着）安娜，我想你不是那种姑娘。

安娜 （嘲弄地）我想你要我走，是不是？你不要我待在这里丢你的脸，是不是？

克里斯 不，你就待在这儿！（走过去，拍拍她的肩膀，泪水从他的脸上流了下来）安娜，我知道，这不是你的过错。（安娜抬眼望着他，温和下来。他又爆发出怒气）这是海那老魔鬼使我遭受这一切！（他向门挥动拳头）就是它玩弄的鬼把戏！你和我待在货船上很不错。后来，海把那个爱尔兰家伙在雾中带到这里来，它使你喜欢他，它总是使你跟我吵架！要是那个爱尔兰家伙不到这里来，你也不会告诉我这些事情，我也不会知道，那么什么事情也就没有了。（他又挥动他的拳头）卑鄙的老魔鬼！

安娜 （精疲力竭地）哦，这有什么用呢？上岸去喝酒吧。

克里斯 （走进左边的房间，拿出他的帽子，走到舱门口，一言不发，呆呆地站在那儿——接着，转过身来）安娜，你在这儿等着吗？

安娜 （阴郁地）也许是——也许不是。也许我也要喝酒。也许我要——可是你管我要做什么事情干吗？你快走吧！（克里斯迟钝地转过身去，走向舱外。安娜坐在桌子旁边，直望着前方出神。）

〔幕落〕

第　四　幕

景：场景与第三幕相同,两天之后一个有雾的晚上,大约九点钟。港口里轮船的汽笛声时时传送过来。舱内桌子上有盏小灯,发着光亮。一只手提箱放在地板上的中央。安娜坐在摇椅里,头上戴着帽子,身上的穿着与第一幕相同。她的脸色苍白,神情显得疲倦不堪,仿佛过去两天熬尽了痛苦和失眠。她双手托着下巴,眼睛沮丧地凝视着前方。后部舱门有轻轻的敲门声。安娜惊呼了一声,一跃而起,眼睛朝着门上望,脸上显示了希望与恐惧相互交错的表情。

安娜 (软弱无力地)进来。(然后鼓起勇气 —— 较为坚决地)进来。(门开,克里斯在门口出现。他醉后视力模糊、衣服邋遢肮脏。他手里拿着一只马口铁桶,涌溢着啤酒泡沫。他走上前去,眼睛避开安娜的眼光,口里痴呆地咕哝:"下雾了。")

安娜 (轻视地上下打量着他)所以你到底还是回来了,是吗?瞧你那副模样!(接着,嘲弄地)我倒以为因为我给你丢了面子,你不会回来了。

克里斯　（畏缩——软弱无力地）安娜，请你不要这样说了！（他在桌旁一张椅子上坐下，把啤酒桶放下，双手托着头。）

安娜　（带着一定程度的同情心看看他）怎么啦？感到不舒服了吗？

克里斯　（忧郁地）脑袋里感到不舒服。

安娜　喂，灌整整两天酒了，还想好受吗？（怨恨地）活该。你做的好事——这么长久的时间把我一个人孤孤单单地留在这条货船上！

克里斯　（谦卑地）安娜，对不起。

安娜　（奚落地）对不起！

克里斯　可是我的脑袋里不是像你所说的那种不舒服。我的不舒服是因为一劲地考虑你，考虑我自己。

安娜　怎么考虑我的？难道你认为我就不考虑吗？

克里斯　安娜，对不起。（看到她的行李，吃了一惊）安娜，你把行李打好了吗？你是要——？

安娜　（强有力地）是的，我要回到你想象的那种地方去。

克里斯　安娜！

安娜　我曾上岸去过，想乘火车去纽约。我等呀等呀，直等得我感到厌烦了。于是我改变了主意，决定今天不走了。不过我明天一早就要走的，所以到头来我还是要走的。

克里斯　（抬起头来——恳求地）不，安娜，你永远不要走！

安娜　（冷笑地）我想要知道，为什么不要走？

克里斯　我告诉你，你永远不要——再做——那种事了。我把事情安排好了。

安娜 （怀疑地）安排好了什么事情？

克里斯 （似乎没有听到她提出的问题——忧伤地）你说你在等，是吗？我敢打赌，你不是等我。

安娜 （无情地）你猜对了。

克里斯 等那个爱尔兰佬吗？

安娜 （轻视地）是的——要是你想知道就好了！（于是绝望地大笑）我想，要是他真的回来的话，那也不过是因为他要揍我一顿，或者把我宰了。不过如果他真的这么做，我宁愿他来，总比不来的好。他要怎么做，我都不在乎。

克里斯 我猜你真是爱上了他。

安娜 你猜！

克里斯 （转身向她，诚挚地）安娜，他不来，我十分为你难过。

安娜 （软化了下来）看来好像你的口气改变了不少。

克里斯 我已经想过了，我想都是我的过错——你所遭受的所有的坏事。（恳求地）安娜，不要再恨我了。我是一个疯了的老笨蛋，这就是了。

安娜 谁说我恨你呢？

克里斯 安娜，我对你做了许多错事，我很对不起你。我要你以后的生活过得幸福，来弥补我的过错！跟那个爱尔兰人结婚会使你幸福的，我也要你这样做。

安娜 （阴郁地）哦，没有机会了。不过不管怎样，你对这件事情改变了主意，我总是高兴的。

克里斯 （恳求地）你想——也许——有一天你会原谅我吗？

安娜 （惨然的微笑）我现在就原谅你了。

克里斯 （抓住她的手，吻着——断断续续地）安娜宝贝儿！安娜宝贝儿!

安娜 （受到感动，但有点窘迫）不要再提这些事了。说起来也没有什么可以原谅的。这不是你的过错，不是我的过错，也不是他的过错。我们都是可怜的傻瓜，事有凑巧，我们就是在错误的生活里搅在一起，这就是了。

克里斯 （热切地）哎呀，安娜，你说得对！这都不是什么人的过错！（挥动他的拳头）这是那个老魔鬼，海的过错！

安娜 （气愤地大笑）哎呀，你干吗总是说这一套呢？（克里斯感到受到伤害，默然无言。稍停，安娜好奇地继续说）你刚才说你已经安排好了——而且是为了我。到底安排好了什么？

克里斯 （犹豫了片刻之后）安娜，我又要航海去了。

安娜 （大吃一惊）你要——什么？

克里斯 我跟明天要开走的一条轮船签了合同。我还是干我的老本行——水手长。（安娜注视着他。当他继续说下去的时候，安娜的脸上现出了苦笑）我想这样做对你最为合适。我想，我带给你的只是坏运气。我使得你的母亲一生都痛苦。我不想你的一生也那样，但是我还是这样做了。那个老魔鬼，海，它使我们这些给人带来不幸的人，对什么人都不好。我现在明白了，跟海作对是没有用的。活着的人是一定不会去跟它作对的！

安娜 （无可奈何地苦笑）那么你就是这样安排我的，是吗？

克里斯 是的，我想要是那个老魔鬼勾引我回去的话，那么就不会连累到你了。

安娜 （痛苦地）可是为了上帝的缘故，难道你就不明白，你现在要做的事情跟你过去常做的是一样的吗？你不明白吗——？

(可是她看出了她的父亲脸上显示的着了迷的固执神情，又无可奈何地放弃了己见)不过空口说说又有什么用呢？你错了也就是了。我不会再怪你了。可是你怎么能够断定这是为我安排的——！

克里斯 我还没有说完呢。我已经和轮船公司的人谈妥了，我不在这儿的时候，每月我应得的工钱都付给你。

安娜 （冷酷地大笑）谢谢你。不过我想我还不至于苦到连零钱都没有的地步。

克里斯 （被刺痛——谦虚地）我知道，钱不多，可是足够维持生活，所以你永远也用不着再回到——

安娜 （短促地）住口，好吗？我们以后再谈，懂吗？

克里斯 （稍停之后——讨好地）你要不要我到岸上去，把那个爱尔兰人找回来？

安娜 （愤怒地）不用了！你以为我要把他拖回来吗？

克里斯 （稍停之后——不安地）哎呀，那酒性又发作了。我想我是发烧了。我感到热得难受。(他脱下上衣，扔在地板上。砰的一声响。)

安娜 （大吃一惊）天啦，你口袋里是什么——一吨铅吗？（她弯下身子，拿起上衣，抽出一支左轮手枪——惊愕地看手枪，又看看克里斯)枪，你要这个干什么？

克里斯 （局促不安地）我忘了。没有什么。不管怎么样，是没有装子弹的。

安娜 （扳开枪膛看个究竟——接着，又再关上了——疑虑地望着他）你还是没有说清楚你带枪的缘故啊？

克里斯 我是一个老傻瓜。我上次到岸上去，就有了它。那时我认为这一切都是那个爱尔兰佬的过错。

安娜 （震颤了一下）喂，你比我的想法更蠢。我做梦也没有想到你会到这样的地步。

克里斯 （迅速地）我没有。我很快地就清醒过来，子弹也没有买。我知道不是他的过错。

安娜 （仍然怀疑他）喂，不管有没有装子弹，这个东西我要保管一下。（她把枪放在桌子的抽屉里，接着又把抽屉关上。）

克里斯 （和解地）要是你愿意，把枪扔到海里去。我才不在乎呢。（稍停片刻之后）哎呀，我想躺一会儿。我感到不舒服。（安娜从桌子上拿起一本杂志。克里斯走到安娜的椅子旁边，犹豫不决）我走以前，我们再谈谈，好吗？

安娜 （阴郁地）这条船开往哪里去？

克里斯 开普敦，是在南非。它是一条英国船，船名叫作"伦敦德里"。（他站在那儿，犹豫不决——终于脱口而出）安娜——你真的原谅我了吗？

安娜 （疲乏地）我真的原谅你了。这又不能怪你。你只是——你就是你——跟我一样。

克里斯 （恳求地）那么——你让我再吻一次吗？

安娜 （将脸仰了起来——勉强地惨然一笑）当然可以，没有什么。

克里斯 （断断续续地吻她）安娜宝贝儿！我——（极力找寻字眼来表达自己，但却找不出来——凄惨地呜咽着）我说不出来。晚安，安娜。

安娜 晚安。

（克里斯拿起啤酒桶，缓慢地走进左边房间，弯腰屈膝，垂头丧气，随手把门关上。安娜翻动着杂志的书页，想借看图画来消除自己的思虑,可是这样并未如愿,于是把杂志扔回桌子上,她一跃而起,心烦意乱地在房内来回走动,时而紧握拳头,时而又松开。她大声地自言自语,声音紧张、颤抖)上帝啊,我再也不能忍受下去了! 我究竟在等待什么呢? —— 就像一个大傻瓜!

(她无可奈何地哈哈大笑,然后突然停止了笑声,她听到了外边甲板上有沉重的脚步声。她似乎听出了脚步是谁的,脸上现出了愉快的光彩。她透不过气来)马特!

(她似乎突然感到一种奇异的恐怖向她袭来,于是急忙跑向桌旁,从抽屉里取出左轮手枪,蹲在左墙角的食橱后面。片刻之后,门开了,马特·伯克在门口出现。他的模样十分狼狈 —— 衣衫褴褛肮脏,沾满了木屑,仿佛曾在酒吧间的地板上趴着睡过觉似的。前额的一只眼睛上面红肿了一块,颧骨上也肿了一块,指关节的皮也擦破了 —— 显然由于他的"狂饮"曾与人大打出手。眼睛充满血丝,眼皮浮肿,面带醉意。可是在这些外表之下 —— 这些外表都是沉醉的后果 —— 他的眼睛里却流露出一种难以控制的内心不安,一种动物的无能为力的而且为自己悲惨境地所遏制的愤怒。)

伯克 (眨眨眼睛,凝视船舱四周 —— 嗓子嘶哑地)不管谁在这儿,别躲着我 —— 你知道得很清楚,我有权利回来宰你。(他停止说话,静听响动。他听到没有回音,于是把门随手关上,走到桌子前面,坐在摇椅里 —— 失望地)我看没有人在这儿,我来这趟真傻。(感到一种不可言喻、难以理解的痛苦)嗯,马特·伯克,你变成了一个大笨蛋,你究竟怎么了,怎么了呢? 我告诉你,她早就离开这儿了,你永远再也见不到她的面了。(安娜站了起来,犹豫不决,在快乐与恐惧之间挣扎。伯克的眼光落在安娜的行李上。他弯下身子去检查它)这是什么? (欢欣地)是她的。她没有走!可是她在哪儿?上岸去了吗?(阴沉地)这样晚了,她到岸上去干什么呢?(脸上突然抽搐,现出忧愁和愤怒的神情)是那件事,是吗?哦,上帝要诅咒她!(大怒)我要等她回来,把她这个不要脸的掐死。(安娜移动脚步,脸色变得冷酷。她走进房间,右手拿着手枪,垂在身旁。)

安娜 (冷酷的口气)你在这儿干什么?

伯克 (迅速地转过身来,恐惧得透不过气)上帝保佑!(两人片刻间一动不动,默默相对,盯住对方的眼睛。)

安娜 (同样冷酷的声音)喂,难道你不会说话吗?

伯克 (极力想把口气变得平静、随便)你突然走了进来,吓了我一大跳,一年也恢复不过来,我还以为我是一个人在这儿哪。

安娜 没有敲门,也没有怎么的,你竟敢闯到这儿来。你想干什么?

伯克 (轻率地)哦,没有什么大不了的事。我只是想跟你谈最后一次话就是了。(他向她走近了一步。)

安娜 (高声地——举枪对着他)当心点!别想走得太近。我听到了你说的要怎样对付我。

伯克 (才发现她手中有枪)上帝原谅你,你要杀我吗?(接着,轻视地哈哈大笑)你以为那根旧铁管子会把我吓倒吗?(他一直向她走去。)

安娜 (狂怒地)我告诉你,当心!

伯克 (走得已很靠近,枪口几乎抵着他的胸膛)那么,开枪吧!(突然感到难以控制的悲伤)我说,开枪吧,这样完了也好啊!你把我一枪打死了,我反倒要谢谢你,因为自从我知道你是什么人以来,这两天我过的像狗一般的生活,我真愿意从来就没有我这个人才好呢!

安娜　（深受震动，仿佛手指无力，手枪落在地板上——歇斯底里地）你到这里来想要什么？为什么不离开这儿呢？往下说吧！

（她从他身边走过，在摇椅上坐下。）

伯克　（跟着她——悲哀地）你问为什么又到这儿，你问得对。（接着，怒气冲冲地）因为我是世界上一个最软弱的大傻瓜，你把你所做的坏事都告诉了我，我非常难受，于是我喝了许多的酒，想把这些忘掉。忘掉？可是我就是忘不了，睡觉也好，醒来也好，你的脸总是在我的眼前笑着，我真的要疯了，到疯人院去才好。

安娜　（看着他的手和脸——轻视地）瞧你的那副模样，是该送到什么地方去了。我想你是控制不住自己，跟人打了架，是不是？

伯克　是的——谁冲我脱下外衣，我就跟谁打！（激烈地）每次我打人嘴脸的时候，看到的不是他的脸，而是你的脸，我想一拳把你打走，打得你离开这个世界，那么我就可以永远再见不到你了，也不再想你了。

安娜　（嘴唇可怜地颤抖起来）谢谢！

伯克　（来回走动——心烦意乱地）好啊，拿我开心！哦，我真是一个胆小鬼，到底还是回来跟你说话。你有权利笑话我。

安娜　马特，我不是在笑话你。

伯克　（没有注意她的话）你还是你，我是马特·伯克，我跑了回来再来看你！这是我的耻辱！

安娜　（不满地）那么出去。没有人拉住你！

伯克　（手足无措地）听你这样的女人说话，怕要打她一个耳光，叫她住嘴！哦，上帝帮我的忙，我是一个无用的胆小鬼，所有的男子汉都要唾骂我！（于是大怒）可是我得把话讲完，我才离开这里！（举起拳头，威胁地）当心，你这样逼迫我！（无可奈何地放下拳头）现在不要生气了！我想，我胡言乱语，就像一个真正的疯子，你给予我的忧愁，简直就使得我的脑袋沉浸在悲痛之中。（突然弯下身子，紧紧地抓住她的手臂）喂，告诉我，那是谎话！这就是我回来要听你说的话。

安娜 （阴郁地）谎话？什么？

伯克 （热烈地恳求）两天前你告诉我的一切坏事。当然一定都是谎话。你只是跟我开玩笑，是不是？安娜，告诉我，那是谎话，我要跪下来，向万能的上帝感恩祷告。

安娜 （身上颤抖得厉害——无力地）马特，我不能。（当他转过身去——哀求地）哦，马特，难道你不能不管我过去是怎么样，只要我现在不再是那样就行了？怎么，听着！今天下午我收拾了行李，到岸上去过。我一个人孤零零地在这儿等了整整两天，以为也许你会回来——以为也许你会把我说过的话都仔细想过——也许——哦，我不知道我希望些什么！可是，说实在的，我一秒钟也怕离开这个船舱——怕你来了，在这儿找不到我。等你等不来，我才丢掉了希望，于是到火车站去。我打算去纽约。我要回到——

伯克 （嗓门嘶哑地）上帝要诅咒你！

安娜 马特，听着。你没有来，我丢掉了希望。可是——在车站上——我不能走。我买了票，什么都准备好了。（从衣服里拿出车票，想给他看）可是我不得不想到你——我不能去乘车——我不能！所以我又回到这儿——再等一等。哦，马特，难道你不明白，我已经改变了吗？难道你就不能原谅已经死去的和过去了的事——把它忘了吗？

伯克 （转身向她——又被怒气所压倒）忘了，是吗？我告诉你，一直到死的那一天，我都不会忘记，我的脑袋里受尽了折磨。（疯狂地）哦，我真希望这个时候有人来撞撞我，我要一拳把他打成血淋淋的尸体。我真希望那些家伙在末日审判的日子，都下地狱去受熬煎——你也同他们一道去，因为你跟他们一样坏。

安娜 （震颤）马特！（接着，稍停——用死气沉沉的、石头一般沉静的声音说）喂，你的话已经说完了。现在最好还是走吧。

伯克 （缓慢地走向舱门——犹豫不决——稍停之后）你打算干什么？

安娜 这对你又有什么关系呢？

伯克 我问问你罢了！

安娜 （用同样的口气）我的行李收拾好了，车票也买了。明天我就去纽约。

伯克 （无可奈何地）你的意思是说——你又要去做那种事吗？

安娜 （冷酷地）是的。

伯克 （痛苦地）你不会这样做！别说这样的话来折磨我啊！你简直是一个女魔鬼，逼得我要完全疯了！

安娜 （她的声音断断续续地）哦，马特，为了上帝的缘故，别管我了！走吧！难道你看不出来我受了打击吗？为什么还要继续来刺激我呢？

伯克 （愤怒地）上帝原谅你，难道我不应该这样说你吗？

安娜 好吧，也许我应该接受你的话。可是不要总是触人痛处。

你说你要怎样怎样,为什么不去做呢? 为什么不到你所说的那条船上去,把你带到地球的那边,在那儿你就永远再见不到我了?

伯克　我已经去过。

安娜　(吃了一惊)什么 —— 那么你是要 —— 真的吗?

伯克　虽然我的酒还没有醒,今天中午我还是签了合同 —— 船明天就开走。

安娜　开到哪儿去呢?

伯克　开普敦。

安娜　(心中想起不久之前听说过这个名字 —— 动了一动身子,思想混乱地)开普敦? 在什么地方? 很远吗?

伯克　在非洲的尽头。这样该够远的了吧。

安娜　(勉强一笑)你倒是说得到做得到,是不是? (稍停之后 —— 好奇地)那条船的名字是什么?

伯克　"伦敦德里号"。

安娜　(恍然大悟,她的父亲也要上这条船航海)"伦敦德里号"。那是同一条 —— 哦,这太凑巧了! (粗野嘲讽地哈哈大笑)哈! 哈! 哈!

伯克　你怎么了?

安娜　哈! 哈! 哈! 真有趣,有趣! 我要笑死了!

伯克　(激起怒气)笑什么?

安娜　这是一个秘密。一会儿你就会知道的。真有趣。(控制自己 —— 稍停之后 —— 冷嘲热讽地)开普敦是个什么样的地方? 我想,那儿一定有很多的女人吧?

伯克　让她们见鬼去吧! 我到死也不要再见到一个女人了!

安娜 现在你是这样说,可是我敢断定,你一到了那儿,你就会把我完全忘了,跟你告诉过我的头一个遇到的老母牛去说笑去了。

伯克 (生气)我不会这样的!上帝不容你,你以为我跟你一样吗?今天和这个好,明天跟那个混,一生中一年又一年就这样吗?

安娜 (愤怒地断言)是的,这正是我的意思!你的一生中一直就做着同样的事情,每到一个港口就换一个新的姑娘。你又比我好多少呢?

伯克 (怒气冲冲)你怎么这样不知羞耻呢?我真是一个傻瓜,跟你说等于白说,你已经坏到不可收拾的地步了。我要离开这儿,让你永远孤单单的一个人。(走向舱门——接着又停步,转身向她,狂暴地)我猜想这又是同样的谎话,你跟别的人这么讲,你跟我也这么说,对不对?

安娜 (大怒)你这是说谎!我从来没有这样做!

伯克 (痛苦地)反正你要这样做。

安娜 (有力地,越说越强烈)你是不是要责骂我——跟他们——爱上了——真正爱上了?

伯克 当然,我想你是的。

安娜 (狂怒地,仿佛这是最后的侮辱了——威胁地向他走去)你这条狗,你!我对你忍耐够了。你竟敢。(轻视的痛苦)爱上了他们!哦,我的上帝!你这个可恶的蠢货!爱上了他们吗?(粗暴地)我告诉你,我恨他们!恨他们,恨他们,恨他们!如果我说的不是真心话,上帝立刻把我打死,如果我的母亲还活着的话,上帝也把她打死。

伯克 （看到她的激烈的愤怒情绪，深感高兴——脸上开始呈现了一线希望的光亮，但仍犹豫不决，怀疑和信任相互交错，心情矛盾——无可奈何地）要是我现在能相信你的话，该多么好啊！

安娜 （心烦意乱地）哦，那有什么用呢？我说了又有什么用呢？什么都没有用了吧？（恳求地）哦，马特，你千万一刻也不能那样想！你决不能！你想我的别的一切坏处都可以，我都不怪你，因为你有这种权利。可是不要想那种事！（几乎哭了起来）我受不了！你要走了，我永远再看不到你了——你却认为我是那样一种人，我太难受了！

伯克 （内心的一度斗争之后——紧张地——艰难地把话逼了出来）如果我相信——在这个世界上除了我之外，你从来没有爱过任何其他的人——也许我可以忘记其他的事。

安娜 （高兴地大叫了一声）马特！

伯克 （缓慢地）如果你说的是真话，我也许相信你已经改了——我已经把你改变过来，你一生以来有过的事情，现在对你来说已经是两样了。

安娜 （渴望着他的这番话——气喘吁吁地）哦，马特！这正是我所想要对你说的话！

伯克 （坦率地）因为我有一股力量，可以使人按照我的意思去做事，女人也许也可以，我想我已经把你改变成为一个全新的女人，所以你或者是我，都永远不会想到你过去曾经是一个怎样的女人了。

安娜 是的，马特，你有这股力量！我知道你有这股力量。

伯克 我也想到也许这不是你的过错，只是因为有那只老猴子做你的父亲，把你扔下让你独自长大，所以把你弄成这样。

如果我能相信，那只是因为我，你才——

安娜 （心烦意乱地）马特，你应该相信。我能做什么呢？我愿做任何事情，做任何你想要的事情，来证明我不是在说谎！

伯克 （突然似乎做了决定。他伸手在上衣的口袋中摸索，抓住了一件什么东西——严肃地）现在，你愿意不愿意起誓——一个可怕的誓言，如果你是说谎，会把你的灵魂送下地狱去受折磨？

安娜 （热切地）马特，当然，我愿意起誓——不管什么样的誓言！

伯克 （从口袋中拿出一个陈旧低劣的小十字架，举在她的眼前）用这个起誓好吗？

安娜 （伸手去接）是的，当然可以。把它给我。

伯克 （把十字架拿走）这是我母亲给我的十字架，上帝使她的灵魂安息。（他机械地画了一个十字）我还是一个孩子的时候，她对我说，不管是睡觉还是醒来的时候，都把它带在身边，决不能丢了，它会带给我好运气。不久以后，她就死了。可是从那一天起到现在，我一直把它带在身上——我告诉你，它有很大的力量，我运气不好的时候，或者是在海上漂泊的时候，它都救过我，上次沉船的时候，我把它系在脖子上，其他的人都死了，它却使我平安地到达了岸上。（非常诚挚地）我现在警告你，如果你对它起誓，我的母亲会亲自从天上往下看，如果她听到你的誓言是谎话，她会祈求万能的上帝和圣贤们诅咒你的！

安娜 （他的态度使她肃然起敬——迷信地）如果是撒谎的话——说实在的——我没有这份胆量。不过这是真话，我不怕起誓。把它给我。

伯克 （把十字架递给她——几乎显出了恐惧的模样，仿佛担心她的安全）当心你的誓言，我说。

安娜 （小心谨慎地举着十字架）喂——你要我起什么誓呢？你说吧。

伯克 你说，我是在这个世界上你所爱的唯一的男人。

安娜 （紧紧地盯着他的眼睛）我说。

伯克 从今天起，忘记你过去所做过的一切坏事，永远不再做了。

安娜 （有力地）我说！我对上帝起誓。

伯克 假如你撒谎，上帝会用最坏的语言诅咒你。说呀！

安娜 如果我撒谎，上帝用最坏的语言诅咒我。

伯克 （深深地叹了一口气）哦，上帝，我现在相信你了！（他从她手中接过十字架，脸上散发着快乐的光芒，把十字架放回口袋中。他伸手搂着她的腰，正要吻她，突然被什么可怕的疑虑所吓倒，他又住了手。）

安娜 （惊异）你怎么了？

伯克 （突然用严厉的口吻询问）你是不是天主教徒？

安娜 （思想混乱）不是。为什么？

伯克 （满怀一种疑虑的预感）真是魔鬼玩的把戏，用天主教的十字架起誓，你却是另外的教徒。

安娜 （心烦意乱地）哦，马特，难道你不相信我吗？

伯克 （痛苦地）如果你不是天主教徒——

安娜 我什么都不是。这又有什么分别呢？你没有听到我起的誓吗？

伯克 （热情地）哦，我有权利离开你——可是我做不到！尽管有这一切，我还是爱你的，上帝宽恕我，无论你是什么人，我都要和你在一起。如果我没有你，我就要发疯了。我要宰了这个世界——（他把她搂在怀里，狂热地吻她。）

安娜 （快乐地喘气）马特！

伯克 （突然把她推开，盯住她的眼睛，仿佛要探究她的灵魂——缓慢地）如果你的誓言完全不是可靠的誓言，我也会接受你的毫无依据的语言，不论怎样，我要你，我想，我就是这样地需要你啊！

安娜 （被刺痛——羞辱地）马特！我起誓了，不是吗？

伯克 （蔑视一切地，仿佛要向命运挑战似的）起誓也好，不起誓也好，都没有关系。上帝帮我们的忙，我们早上就结婚。（更加蔑视地）不管那些魔鬼怎么样，我们两个人现在很幸福！（说着把她紧紧抱在怀里，又再吻她。左边的门被人推开，克里斯出现在门口。他站在那儿，眨眨眼睛看着他们。最初，他对伯克的旧恨又本能地显现在他的眼中，但是立刻消失了，而且流露出一种宽慰的神情，脸上也闪现出一种突然而来的愉快想法。他转身又走进卧室——立刻又走了出来，手里拿着啤酒桶——露齿而笑。）

克里斯 来，我们来喝这桶酒！（两人惊呼了一声，立刻分开。）

伯克 （爆炸似的）上帝会惩罚你的！（他威胁地向克里斯走近了一步。）

安娜 （愉快地——对她父亲）这才像话！（大笑）喂，现在该是你和马特接吻和解的时候了。你们将是"伦敦德里号"船上的伙伴，知道吗？

伯克 （大吃一惊）船上的伙伴——他已经——

克里斯 （同样大吃一惊）我是船上的水手长。

伯克　你这个魔鬼！（接着，愤怒地）你又回到海上，把她一人扔下，是吗？

安娜　（迅速地）马特，这样不错。他应当在海上，我要他去的。你也应该去；我们需要钱。（说着拿起酒杯，笑着）至于说到我一个人孤单单的，在家里的人都惯了，我也会习惯过这种生活的。（往他们的杯子里倒酒）我可以在什么地方买一间小房子，也给你们两人收拾一个固定的地方，好回来住 —— 等着瞧吧。现在你们喝一杯，彼此成为朋友吧。

伯克　（愉快地 —— 但是对于这个老人仍然怀有怨恨）当然！（跟克里斯碰杯）祝你运气好！（他喝酒。）

克里斯　（屈服了 —— 面带忧郁）干杯。（他喝酒。）

伯克　（向安娜，眨眨眼）你不会长久地孤单的。上帝帮忙，我会想办法。告诉你，他在这儿会抱小孙孙的！

安娜　（窘迫地转过身子去）别再闹着玩了。（她拿起她的行李，走进左边的房间。她一走开，伯克的神志又沉陷于忧郁。克里斯望着他的酒出神。伯克终于转身对克里斯说话。）

伯克　你和你的安娜，有没有宗教信仰呢？

克里斯　（惊奇地）呃，有的。我们在祖国是路德教徒。

伯克　（恐怖地）路德教，是吗？（接着，又紧张地放弃了这种恐怖思想，缓慢地、大声自言自语）那么，我真该死。是的，这又有什么分别呢？不管怎么，这是上帝的旨意。

克里斯　（忧郁地一心想着自己的事 —— 安娜从左边房间再进来的时候，他带着忧郁的预感说）是的，真有趣，真奇怪 —— 你和我就那样上了一条船。这是不对的。我不知道 —— 是那个老魔鬼，海，用那种可笑的办法，玩弄的最卑鄙的鬼把戏。是的，是这样的。(他站了起来,走到后面,把门打开,向外面的黑夜凝视。)

伯克 (点头,忧郁地默认 —— 深深地叹了一口气)我担心你也许还有权利到海上去一次,魔鬼会带你去的。

安娜 (勉强笑了一笑)哎呀,马特,你跟他合不来,是吗?(她走上前来,把手搂着他的肩头 —— 非常高兴地)喂,怎么了? 别发愁了。我们现在都安排了,我和你,不是吗?(往他的酒杯里倒了更多的酒,也给自己倒了一杯 —— 拍拍他的背部)来! 不管怎样,为这海干一杯! 当它是一场游戏,干一杯! 来!(她将酒一口吞下。伯克挑战似的扭动一下头部,仿佛要消除自己迷信的预感,朝她露齿而笑,向她举杯,将酒喝下。)

克里斯 (向外面黑夜望去 —— 陷入忧郁的沉思中 —— 摇摇头,轻声低语)雾,雾,雾,总是雾。你看不出究竟你是往哪里去,完全看不出。只有那个老魔鬼,海 —— 只有它知道。(安娜和伯克望着他。港口那边传来一声声沉闷、悲怆的轮船汽笛声。)

〔幕落〕

—— 全剧终

"Anna Christie"